为今天干杯

谢冕——著

高秀芹——编

海峡出版发行集团 | 海峡文艺出版社

图书在版编目(CIP)数据

为今天干杯/谢冕著;高秀芹编.—福州:海峡文艺出版社,2025.1
ISBN 978-7-5550-4048-4

Ⅰ.I267

中国国家版本馆 CIP 数据核字第 20247QB607 号

为今天干杯

谢　冕　著　高秀芹　编
出 版 人　林　滨
责任编辑　蓝铃松
出版发行　海峡文艺出版社
社　　址　福州市东水路 76 号 14 层
发 行 部　0591—87536797
印　　刷　福州力人彩印有限公司
厂　　址　福州市晋安区新店镇健康村西庄 580 号 9 栋
开　　本　787 毫米×1092 毫米　1/32
字　　数　170 千字
印　　张　12.625
版　　次　2025 年 1 月第 1 版
印　　次　2025 年 1 月第 1 次印刷
书　　号　ISBN 978-7-5550-4048-4
定　　价　68.00 元

代序

谢老不老

屈全绳

白驹过隙，一晃十年过去了。

那次雅聚浅酌，是在谢冕先生的得意弟子、北京大学中国诗歌研究院副院长、出版家高秀芹博士置办的饭局中度过的，在座的还有高秀芹的闺蜜邵燕君教授。昨天乍一见面，我暗自吃惊，寿过鲐背的谢先生，容颜依旧，细皮嫩肉，面部居然没有一点老斑，找不到十年岁月在这位慈祥长者身上留下的明显痕迹。

谢冕先生是著作等身的诗人、作家、诗歌评论家，耄耋之年还完成了《中国新诗史略》。在这部重量级的专著中，先生以其独特的视角和思考，用随笔体裁爬梳出中国百年新诗的经络，拓宽了中国新诗历史的研究领域。其文笔活泼灵动，毫无牵强附会、差强人意的感觉。

毋庸置疑，谢冕先生是中国时下诗坛和文坛的领袖级存在。谢先生何以成为中国诗坛文坛上的不老松、常青藤，当然得益于他的精神状态和身体状态。先生不无幽默地说：“论‘肚量’、饭量、酒量、运动量，在我们北大这一代人中，我是不甘落后的！”

谢先生是一位弃武从文的学者。新中国成立前他是准备解放金门岛的我军副排长，1955年他走进北大校门，从学生到先生，再也没离开过北大讲坛。近十年来，随着国家和社会对文化自信和精神走向的推进，谢冕先生传道授业解惑的造诣为越来越多的人所认知，请他去京外讲学的单位越来越多，谢先生乐此不疲。为急于进入创作状态，应对繁忙的学术活动，去年先一天做完股骨头置换手术，第二天他就下地锻炼，此后每天散步都在两小时左右。

今年7月23日，高秀芹一次给我寄来谢先

生亲笔签名的三部新作：《中国新诗史略》《爱简》《觅食记》。

先生在《中国新诗史略》中写道："我们不会老去，老去的是时间，因为我们是时间的主人！"这是多么通透而富有诗意的胸怀呀！而《爱简》则是过往感情的真实流露。他在这部作品的书笺上写道："这不是一般意义的情诗，这里说的是一个欲说还休的年代。"诗集装帧算不上精美，但厚重的思想和文化含量却不容小觑。再读他的《觅食记》，我仿佛看到一个童心未泯、满怀好奇的"老顽童"。在这部书笺上先生也写了一句话："生活总是美丽的。"仅仅这七个字，足以看出谢先生乐观开朗的生活态度。

诗人，是时代的号手；诗歌，是时代的旋律。为什么抗战期间的新诗能冲破格律诗的桎梏，发出高亢激越的旋律；而新中国成立后的新诗却日趋薄弱，很多人重新在格律诗中找寻慰藉？谢先生在《中国新诗史略》中给出了令人信服的答案。若不信，你读读看。

最后，用一段话结束我的感言：

谢冕是不可复制的，
谢冕成就了诗歌，
诗歌成就了谢冕。
从过去到现在，
从今天到明天，
诗歌与谢冕，
相携到百年。

2023 年 10 月 17 日于解甲楼

（屈全绳，诗人、作家、将军）

目　　录

“失足”三记

换骨记……3
学步记……6
登楼记……11

雅事三记

采薇阁记……19
乱书房记……25
怡园夜宴记
——我在北大与叶甫图申科的会见……29

饮中三品

酒趣:自称臣是酒中仙……41
茶韵:松火夜煎茶……47
多情最是咖啡香……53

寻味五记

味　鉴……61

觅食寻味……68
馅饼记俗……73
面条记丰……80
包子记精……86

登临六记

南岳会仙桥记……95
大风雨登黄山莲花峰……101
登梵净山记……107
登泰山二记……114
平生最爱是西湖
——谨以此文庆贺《西湖》创刊五十年……124
寻找一种感觉
——福建长泰漂流记……133

远亲近邻

花重锦官城
——记刘福春就聘四川大学文学院……141
岂止水仙,更有腊梅……146
难忘一袭残荷香
——我与汪曾祺先生的一段往事……152
红楼旧地逢故人……158
一曲康桥便成永远……163
我欠剑桥一杯咖啡……168

初约北海琼华岛……174
留影在维也纳街头……180

温馨下午茶

退一步天高地阔……187
相聚相识总是美丽
——序高秀芹《北大人物素描》……193
燕巢之恋
——我在燕园住过的几所院宅……199
祈福2022……210
春服既成……216
事情可能好于预期……221
温馨下午茶……226
拒严寒于窗外……231

紫藤学堂

夏夜听评话……237
跛脚的三栖……242
国子监近邻一所庭院……247
海峡上空那一道彩虹……253
我与紫藤有缘
——紫藤学堂记……258
花香果香书香……265

友朋七贤

有幸结识吴思敬……273
特别的古远清……279
走在前列的身影
——在严家炎学术思想研讨会上的发言……283
铁骨铮铮一巨树
——怀念牛汉先生……292
履险如夷　终成大业
——浅论洪子诚与中国当代文学……300
学者型作家　作家型学者
——曹文轩和北大中文系……308
家史、宗族史，更是心灵史
——读刘登翰《一个华侨家族的侧影》……316

青春万岁

似水流年……325
青春万岁
——2022年11月6日北京大学研讨会上的答谢辞……344

附　录

做一个可爱的人……347

编后记……高秀芹　371

『失足』三记

换 骨 记

2022 年 2 月 16 日，北京大雪后的第三个早晨，我在微信运动每日记录榜上消失。120 急救车把我送到医院急救室。我关闭了手机。我做了手术。手术是左边股骨头置换。俗说：脱胎换骨，我未“脱胎”，却是“换骨”了。父母给我的骨头，我用了整整九十年。骨质疏松，缺钙，脆如细瓷，不堪轻轻一击。这下好了，借助现代科技，一种更加坚韧的人造骨植入我的身体，我用自身的血肉滋养它。医生说，钢筋加上水泥，更加坚强，也更加坚定！真的，我需要一副不屈不挠的“铮铮铁骨”。

2 月 18 日清晨，我在重症监护病房问护士，今天是我在医院第几天？答：“术后第二天。”术后第二天，我住进了普通病房。给我手术的医生探房，他查看了我的伤口，坚定地要我下床。在他们的帮助下，我“再次”站立，而且用助步器走了几步。医生、护士，边上的人见状大喜！因为我不年轻，毕竟是满满地过了九十岁！

从此我开始了短短的康复期，踮脚，抬腿，深蹲，臀桥运动，每日数次。从每小时几次到全程走动（用助步器），现在我不仅能够自如地翻身，并且开始自己沐浴，自己洗脸、刷牙、刮胡子。我恢复了日记，而且开始写作。这大约是术后半个月的光景。

我关闭了手机，不接电话，不复微信，包括人们对我的问候我也不回复。这不是我的“无情”，而是我的“决断”。这是为了减少人们的不安，也为我静养和康复保持宁静心态。

我很快就要出院了。出院之后，我仍要进行康复运动。我要用最短的时间，最大的毅力，克服诸种艰难。我要用更加健康的身体与想念我、惦记我的亲朋好友把酒重聚。个人的危难和不幸不算什么。我依然牵挂着世界某处发生的战争，千万无辜平民流离失所，他们的亲人正在无情的炮火中丧生。我为此内心难安。年初我为之祈祷过人类友爱，世界和平，我祈愿毕加索的和平鸽永生，现在依然如此。我为世界万民祈福。

2022年3月11日清晨7:30，于北京某医院某病室。

学 步 记

人生第一次学步，站立、行走，是在出生后，教护我的第一人应该是母亲，再就是长我九岁的姐姐，她是母亲的“助手”。我没有记忆，这应当是常理。人生的第一步是母亲教的。

现在我是再学步，再一次学会站立、行走，恢复到正常的状态。但我已是高龄的成年人，这一切，别人帮不上忙，母亲，还有姐姐，最先教我行走的人已经远去了，我只能靠自己。这的确用得上经常挂在嘴边的那句成语：自力更生！依靠自力，而后“更生”。

那天路边一摔，我便站不起来了。路上七八个好心人想扶我站立，但完全无效。120急救车来了，我说要回家喷白药止痛，急救车的医生警告我：“你要立即手术，不然，你的下半生要坐轮椅！”我于是知道事态严重。

幸好手术成功。我开始了痛苦而漫长的康复活动。简单地说，就是争取再次站立，而且再次学会行走，这就是我的人生第二次学步。

记得是术后次日，我从监护病房转到普通病房。主刀的大夫前来探望，他考查我，让我做一些的简单动作，而后便“粗暴”地要我下床，站立。我在众人的协助下，翻身下床，用助步器站立，而且“走”了几步。我不说疼痛，我只能说，这几步的艰难是无以言状的，我不想形容它。

康复的要求很严酷，主治医生专门为我制定了计划：计划详细规定每小时做几下规定动作，一天 10 个小时排得满满的。

踝泵运动每小时 100 次，臀桥运动每小时 10 次，每小时更换内容，每日连续进行的运动量不变，每日连续 10 小时。在病房我是“模范病人”，我严格按照医嘱做我的康复动作，大约一周时间，我已经用助步器在室内行走，大小便基本自理。开始是护士为我刮胡子、洗脸，后来也能自己操作。

我坚持自我康复而不去康复中心。我要居家养伤，在家里我每日锻炼行走，数十步，数百步。开始用助步器，过了些时日，我坚持独自行走，逐渐摆脱对助步器的依赖。我自己做简单的饭，洗脸、沐浴、洗简单的衣物，我基本做到“自己动手”。

从手术室到病房，那时我觉得进步很快。大夫称赞我“每日都有进步”。但愈到后来，进展愈缓慢。我知道我的身体内正在进行新与旧的对立，排斥与包容的“争斗”。我的手术是左边股骨头置换，即原先的骨头已经碎裂，植入的是人造骨，对于原先的肌体而言，它是“异物”。“异物”的“入位”有一个互斥、接受和并立的问题，我于是不再焦虑，我要静待本体与异体之间最终达成的“和谐相处”。

从严冬到初夏，外面的草变绿，花盛开，这几乎与我无关。我谢绝了一切的社交活动，包括想我、念我、爱我的亲友的访问。偶尔有一两次的“下午茶”，也是朋友带着水果和糕点、香槟和红酒一起前来欢聚。大多数的时间，我都用在“行走”上。我在微信运动榜上终于再度出现，亲密的朋友注意到了，而多数人并不留意。我原先的每日记录总在一万步之间，而现在，则是不好启口的为数不到千余步，但我内心欣悦——我毕竟重新学步，且终于有了“纪录”！

这几个月，除了医生、护士和护工，与我朝夕不离的是可爱的助步器，但我的内心提醒我，要逐步地脱离对它的依赖，坚定意志，争取独立行走。不依赖他人，包括这可爱的助步器。终于有一天，我试图离开助步器单独行走并作“跑步”状，于是自信心陡增，我终于有望在人生途中重新起步，行走如常。这是我个人学步的胜利——第一次学步，我竟全依赖母亲和姐姐；第二次学步，我不再依赖助步器。我以个人的决心和毅力规避了120急救车医生“要坐轮椅”的警告！

然而，在重新学步的路上有更大的考验在等我，我不仅要学会走路，我还要如同往常那样登楼，甚至跳跃。我的左腿是“异物”在主持，它现在还不能听凭我的意志行动，例如上楼，我要用左腿支撑全身的重量，每登一步，疼痛，甚至出汗，但我必须，我要登上层楼。数十年前朋友约我：“再起楼台待月明”，我不能写《登楼赋》，但我要登楼读赋！

朋友们听说我晨运受伤，以为我“不服老”，须知我晨运长跑是数十年养成的习惯，我不能因老而休！坚持是我的意志。回想当年，三次徒步登临岱顶，三次徒步（不用手杖，不中途休歇）步步踏过令人生畏的十八盘。想当年，暴雨中两天走完梵净山的8000步台阶，经万卷书而逼金顶，这些对于今日的我，也许成了梦境。然而，登楼望月读赋，都是我的新梦：远道而来的，高科技的非金属股骨头，你进了我的身体，我用血肉滋养你，你要适应我的体温，我的血压，我的心跳，更重要的，你要适应我的意志和我的毅力。

2022年5月20日，术后三个月又一周。

登 楼 记

我骨折后手术，关闭了手机，电脑和座机也是不用了。为了康复和静养，我断绝了与外界的联系，包括亲友的询问和关切。因为这突然的灾难有点特殊，说严重点，安危未卜，未来难料！我无心也无力回应关心我的众人。手术获得成功，伤情渐趋稳定，为向亲友通报病情，我先后写了两篇短文：《换骨记》和《学步记》。这些文稿，因为伤后不能启用电脑，是以手书的方式写出，再请远方的朋友转换成电子文本发到报刊社的。随着手术的成功，我对自己的康复有了信心，于是为自己定的目标不仅是争取重新站立，也不仅是重新学会行走，最终的目标是：登楼。这有点难，但再难也要争取。于是萌发了写第三篇伤痛记即《登楼记》的想法。

我们长期都是两个老人独住楼房，是“空巢二老”，身边别无他人陪护。手术后，我思考再三，决定不再按照医生的建议进康复医院。为图清静，决心也不再续用护工和全日制保姆。住屋就是我的“康复医院”，我们争取做到生活自理。这当然有点难，甚至有点冒险。因为当时我已满了九十岁，老伴素琰也近九十岁了，家中只有两个老人相守。我若再进康复医院，她仍然单独一人在家，我又怎能放心？！于是当时就定了如今的格局：她住原先的二楼不动，我因为不能上楼，改在一楼客厅临时搭了单人床。一楼有卫生间，新安装了淋浴器。我在医院时已经能够简单走动，也能自行梳洗、刮胡子，后来是独立沐浴。我决定居家康复，不再折腾了。遵医嘱，在家中继续做康复运动。

这种复杂艰苦的康复运动，我在《学步记》中亦有叙述，这里不再重复。重新学会行走有难度，我逐渐地在进步。医生怕我过度依赖助步器，要我逐渐摆脱这种倚赖，我努力做到。有一天学走，我高兴地把助步器举过头以示“庆贺”。助步器很轻，像是“举重”，其实无他，只是为了“庆祝”。医生见我如此，也是不离不弃地步步“进逼”——他担心我满足于平地行走，不再前进，便进一步要求我学“登楼”！家里上下有三道楼梯，伤后康复中，我一步也未登过楼。有过手术经验的人都知道，术后第一是站立难（有的病人是手术后站不起来，卧床，坐轮椅），站立后，接着是走步难，最难的是重新学会行走后的登楼即登高难。

我的手术医生“心狠”，对我是绝不马虎。医生指着楼梯，要我在一层第一、第二阶的楼梯前后上下踏步！当初在病房，我被医生“强迫”着（半扶半抱地）离床“站立”，已是相当“艰难”了，如今要我利用体内新植的人造骨让它承受全身的重量上下挪动！我强迫自己做了，只一步，就是刺骨痛，就是一身汗！每天，我练习行走的最后一个节目，就是这样更换着的上下挪动以锻炼我的腿能！我只能是忍着剧痛勉力为之，出汗即止。这是术后康复最难的一关。我坚持了，但进展缓慢！几天下来，也就是在楼梯底层的一步之间上下挪动！

直到有一天清早，老伴下楼后给我留纸条："我不舒服，上去休息了！"我见条心惊，怕她出事！在平日，她"眼瞎"，我"耳聋"，两人不能用手机，也不靠电话，全凭直接沟通。遇此情景，我要弄个究竟，除了上楼，别无他法！奇迹就是这样于不意间发生了！平时视为畏途的楼梯，顷刻间被我征服了！从底层到二层，上下约二十步的台阶，一下子被心急如焚的我踩在了脚下——我梦寐以求的、极难的康复第三关——登楼关，居然被我不意间做到了。

在《学步记》的最后，我忐忑地说过我预期的目标：我将登楼。我还说，登楼不敢写赋，而只是读赋。这里我埋下了伏笔。我未曾明说，其实是我因而想到已是经典的王粲的《登楼赋》。我可以读赋，但不可以写赋。因为"眼前有景道不得，崔颢题诗在上头"，这是坊间流传的李白在黄鹤楼不敢吟诗的"八卦"。古人尚且如此，我何德何能？所以，我给自己留下了台阶。这里不妨对王粲啰嗦几句：王粲（177—217），字仲宣，汉末文学家、诗人，少时才思敏捷，在“建安七子”中与曹植齐名。因写《登楼赋》而名满天下。因为王粲有赋在先，故我也是：眼前有景道不得，王粲有赋在上头！

公元2022年某月某日，我伤愈后登二楼看望同为病人的老伴，不意间竟完成了视为畏途的、骨折康复的最后一道关口——终于以新植入的“他物”承载我全身的重量，登上了居室的顶楼。我为自己欣喜。我于是能够静下心来，检点自己的过失，为自己雪后晨运的“失足”、为给家人和朋友带来不安和烦恼而自责！此时此刻，诵读王粲的经典名句，我仿佛是前贤在为我咏叹：“登兹楼以四望兮，聊暇日以销忧；览斯宇之所处兮，实显敞而寡仇”；“心凄怆以感发兮，意忉怛而憯恻；循阶除而下降兮，气交愤于胸臆；夜参半而不寐兮，怅盘桓以反侧”！

附

我拟议中的“伤痛三记”的第三记《登楼记》，今日终于“杀青”。我于是放下了心中的块垒。我是一个不愿而且很少谈论自己的人。此文我本已放弃写作。初衷是我不愿浪费自己和他人的时间，再来絮叨自己的“不幸”的遭遇。世间万事万物，从宏观上看，个人总是渺小。在你是天大的事，在别人却是如同草芥。何况人类如今面对的有更多的甚至是无穷尽的灾难！《登楼记》的写作就在这样的大背景下被我强制地排除了。

春节期间，友人来访，告以近期写作计划。友人力劝曰：务必写出。不可违，于是命笔。

2023年2月4日，癸卯立春，于北京昌平北七家。

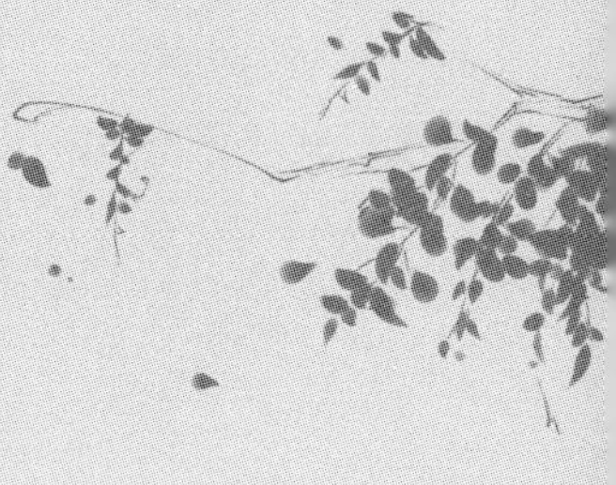

雅事三记

采薇阁记

采薇阁在朗润园。从博雅塔沿未名湖东岸北行，约千步，入朗润园，过石桥，有月亮门迎面而立，便是采薇阁了。这是北大为中国诗歌研究院新建的仿古建筑，采薇之名是我建议的。中国诗歌的源头是诗经。采薇者，《诗经·小雅》之名篇也。以中国万诗之源的名篇为研究院定名，立意秀雅沉潜，近于实。“采薇采薇，薇亦作止。曰归曰归，岁亦莫止。”这首源于民间的远古咏叹，表达了劳卒戍边的苦情，应该说，是符合传统诗教“兴观群怨”的原旨的。况且它有那么动人美妙的诗句，历数千载而传诵至今：“昔我往兮，杨柳依依。今我来思，雨雪霏霏。行道迟迟，载渴载饥。我心伤悲，莫知我哀！”采薇之声传递的是歌者旷古的悲悯情怀，以此名楼，让人勿忘世上万千劳苦众生，彪炳的原是诗歌之大义。

采薇见诸典籍，比诗经还要早的，是沈德潜《古诗源》收录之上古的《采薇歌》：“登彼西山兮，采其薇矣。以暴易暴兮，不知其非矣。神农虞夏，忽焉没兮，吾适安归矣。吁嗟徂兮，命之衰矣！”这一曲采薇歌，见于《史记》的《伯夷列传》。诗背后有一段动人的故事：“武王已平殷乱，天下宗周，伯夷叔齐耻之，义不食周粟。采薇首阳山，饿且死，作歌。”我们可以不论殷周，也不问成败，单就它所崇尚的精神气节而言，也对我们的诗歌理念有很多的启示。诗缘情，诗言志，一个“情”字，一个“志”字，情到深处，志之所之，谓之诗，便可做出惊天动地的诗章来。

朗润园是今日燕园的后园，在鸣鹤、镜春两园之北，万泉河流经其南，它曾是圆明园的附园。旧时皇帝驻跸圆明园避喧理政，王公大臣为了朝觐方便，多在附近治府邸，朗润园周边有很多他们的别业。这院子原名春和园，先后是庆亲王永璘和恭亲王奕䜣的赐园。园中涵碧亭仍在，题额便是奕䜣亲笔所书。以是之故，它有过长时间的繁华。此园曲水蜿蜒，周遭树木葳蕤，有山夹岸绵延，风景绝佳。园的主体是一座岛屿，四面环水，遥望若碧玉浮于春江，清朗圆润。每当仲夏，菡萏映日，荷香袭衣，令人若置身江南锦绣。古人有句："更喜高楼明月夜，悠然把酒对西山"[①]，便是此地情趣。采薇阁选择的，正是此种充盈着诗情画意的佳丽之地。

北大中国诗歌研究院成立之后，我们便开始了院址的寻觅和选择。校长周其凤、诗人骆英都是热心的探路者。随后，校长批地，诗人筹资，多方配合，美轮美奂，遂成佳构。这园林的山崖上镌有季羡林先生手书"朗润园"三字。季先生的故居便在湖的北岸，与采薇阁隔水相望的，是一座岛中岛，孙楷第先生之故宅在焉。沿湖自北而东，那里的一排公寓房汇聚了

① 〔明〕米万钟《海淀勺园》："幽居卜筑藕花间，半掩柴扉日日闲。新竹移来宜作径，长松老去好成关。绕堤尽是苍烟护，旁舍都将碧水环。更喜高楼明月夜，悠然把酒对西山。"

少说也近一半的燕园精英。这园子历史上曾是贵族和诗人的府邸，此后更住进了北京大学的几代学人，他们为京都三山五园的丰盈华丽，更注进了中华千年文脉的精魂，这是北大的骄傲，也是名园的骄傲。

采薇阁创意之初，诗人骆英便与我们相约，静待采薇阁成，拣一个春和日丽之晨，或是秋高月圆之夕，携三五好友，邀诗界嘉朋，或把酒临风，或绰约花丛，或清茶香盈，或咖啡情浓，假倩楼之几席，举吟风弄月之雅集，浅斟低吟，觥筹交加，短歌长啸，纵横诗坛，不知月淡星稀，无辨晨曦晓雾，此亦人生之大乐也。秀阁耸峙，庭花有待。院门长启，以俟时贤。

2014 年 2 月 14 日，农历甲午元宵，西俗情人节，于北京大学中国诗歌研究院。

附

采薇阁记

采薇阁者，朗润园一新景也。燕园后山诸胜，朗润尤佳。万泉河于南入园，一水环岛，如碧玉之浮春江，风景绝胜。朗润原名春和，清季先后为庆亲王永璘及恭亲王奕䜣赐园。山间有方亭一，奕䜣题额“涵碧”在焉。自博雅塔沿未名湖东岸北行，约千步，折西向，即为朗润。迎面石制拱门，镌“断桥残雪”四字。断桥者，小石桥也，其镌刻之拱门疑为圆明园旧物。过桥为月亮门，画栋雕梁，游廊窗棂，金碧灿烂，此为采薇阁也。

采薇寓意者何？《诗·小雅》有采薇之嗟叹：依依杨柳，霏霏雨雪，戍卒思归，忧心孔疾，感时艰也；伯夷传有西山之悲鸣：天下宗周，耻食其粟，以暴易暴，吾将何适，彰节烈也。中国诗歌研究院建立之初，即有筹资建阁之议，校长周其凤，诗人骆英，黾勉同心，力促其成，诚感人也！楼阁将成，索名于余，余曰：诗者，志之所之也，情之所至也，采薇之名甚切，既发乎情，又归于志，诗之大义存焉。

采薇阁耸于园之西隅，三面临水，杨柳拂面，荷香袭衣，花朝月夕，把酒临风，如入梦境。登阁临轩，西山烟云，玉泉塔影，尽收眼底，诗酒酣畅，翩然入梦，诚人生之大乐也。秀阁耸峙，庭花有待，院门长启，以俟时贤。

2014 年 2 月 14 日，甲午元宵，西俗情人节，于北京大学。

乱书房记

我至今也还没有书斋，尽管我有自己的房子。那年我离休，在北京郊区买到这套一百八十平方米房子的时候，很是“风光”，被学生赞为“和国际接轨”。当时我想，好不容易“倾其所有”有了这样宽绰的房子，我一定要好好享受这从来未有的空间。为此，我买了若干石雕——阿波罗、大卫、维纳斯等。我特意在阁楼安排了优雅的咖啡座，朋友来了，款待喝一杯热咖啡。当日我扬言：不让书进屋！那时我的想法有点简单，甚至有点犯傻，文人吧，能离开书吗？当时还真的这么想了——你看人家日本、韩国的学者，家里不放书，个人有宽敞的办公室可以放书。

我对于书，是又恨又爱。爱是真，恨是假。

幼时母亲教我“爱惜字纸”，一张纸条都舍不得扔，何况是书！但我实在难以忍受书籍对我的“压迫”。它们是“慢动作”，步步进逼。开始是“蚕食”，接着是“挤压”，后来则是肆无忌惮地“侵略”！我在北大有公家分配的房子，畅春园一套小三间（当时叫高资楼），一些朋友到过的，也看过我被书籍“压迫”的惨状——当日觉得并不窄狭的房间，居然排山倒海，全方位地被“占领”——只给我留下一张床，一只权当饭桌的小凳子，这就是我那时可怜的生活空间。真的应了“安不下一张平静的书桌”那句话了。

这下好了，我毕竟有了“宽敞”的新房子了！但很快，事实否定了我的天真，我对于书籍的“拒绝”无效！朋友送的，自己买的，会议用书，加上出版社的赠书，以及刊物、报纸……书们依然我行我素。它们无声地、渐渐地、更是无比“温柔”地涌进了我的新居。势如破竹，不可阻挡！开始是客厅，客厅的静悄悄的角落，接着是沙发的周边，后来是餐桌，餐桌上下的所有“空隙”。随后是窄狭的楼梯的侧旁。它们无视我的存在，为所欲为！所幸我的维纳斯知书识礼，她静立一旁，不嗔不恼，而阁楼的咖啡座，却是被觊觎久之，陷入危境！

我毕竟有了新房子，却依然没有属于我的书斋。亦如往昔，我的“书斋”如今只剩下小小的一张书桌。而书桌的状况更是“惨”：书们，本子们，字条们，它们洋洋得意，成群结队，纷纷爬上了我仅剩的、可怜的“领土”——它们只留给我仅可张开一张纸的桌面！

正是我面临窘境的关键时刻，温州大学的孙良好陪同原先《新京报》的绿茶造访寒舍。良好是远道探访，绿茶则是“有备而来”——他要出一本关于当代学人书斋的画册，他执意邀我加盟！为文绍介，或临场素描尚在其次，第一步，当然是要拜访我的书斋！这下我可吃惊不小！先是辩明：我没有书斋；再则婉却，太乱，不好示人！这是实情，我不撒谎。但他们不允，一定要“实地查访”。友情难却啊，何况是挚友远道而来！幸亏绿茶心慈，用心良苦。他的素描删繁就简，居然把我的一团乱局，整治得有模有样！

关于书，关于书斋，我写过不止一篇文章。很是无奈，一般都在“诉苦”。人们关切，问我书斋情景，也问我给书斋起过什么名号。我羞惭，无以答，往往支吾其词。古来文人多以书斋雅致为荣，百把字的《陋室铭》名扬千载。纪晓岚为他书斋作的对联：“书似青山常乱叠，灯如红豆最相思”，也是风雅绝伦。今人有把自己的书斋叫作“上书房”或“尚书房”的，底气足，自信且得意。我到过吴江的“钟书房”，也到过苍南的“半书房”，也都实至名归。这些，都让我自惭形秽，颇为失落。无奈之下，索性自我调侃，学学陋室主人，也学学当代时贤，干脆叫它“乱书房”好了！

2020年12月31日，于北京昌平北七家岭上村。

怡园夜宴记

——我在北大与叶甫图申科的会见

叶甫图申科到达北京的时候，是我年轻的同事和俄国使馆的安娜去机场迎接他的。当晚，我们在北大的怡园举行宴会为他洗尘。陪同他的有他的妻子玛莎。我们准备了红葡萄酒。叶举杯闻了，很肯定地说，好酒，可评八十分。看来他对红酒颇为内行。一到场就评酒，说明他随和、兴致高。那天他穿了厚尼格子上装，粉色的领带，衬衣也是鲜艳的颜色。他有点清癯，但思维敏捷，语速很快，除了腿脚有些不便，整体看来是健康的。这些年，我们一直在寻找他，听说他长住美国，有时回俄国，找他很不容易。他的到来给我们带来喜悦。

尽管我大学学过俄语，但长久不用，包括

字母在内，全忘了。幸亏有安娜，还有一位俄文很棒的刘文飞教授在场，我们的交流完全没有障碍。我告诉叶甫图申科，他在苏联获得很大的诗名时，我还是大学刚刚毕业的年轻教师。但我读过他的诗，喜欢他的诗。他的名作《娘子谷》是很早就读过的。我还告诉他，为了迎接他的到来，我的同事洪子诚教授专门写了长篇的研究论文。就这样，我们开始了无拘束的交谈。

极具亲和力的叶甫图申科一下子给我们讲了三个“故事”。

第一个故事：我有一个朋友，格鲁吉亚人，一百岁时和一位七十岁的女士结婚。我出席了他们的婚礼。婚礼上我的朋友讲了一个故事，他说他做过一个奇怪的梦，梦中进了一座墓园，林林总总的墓碑，刻写着逝者的生卒时间。令人诧异的是，所有的墓碑上没有年月，只有天数，如一天到两天，有的甚至是几分几秒。我迷茫了，人怎么活得那么短？引导者解释说，这里记载的不是他（她）活了多久，而是他（她）一生中用多少时间帮助了别人。所以，有的人“活”得长，几十天、几年，甚至几十年。有的人则“活”得短，只有几天、几小时，甚至连几分几秒都没有。

第二个故事：帕斯捷尔纳克有一次对我说，诗人是特殊的人，他不仅是智者，而且是预言者，诗人同时可能还是先知。对别人如此，对自己也如此。诗人预言可能发生的事情，而且后来的事实可以证明这种预言。所以诗人不可轻言死亡，这种预言是不祥的。诗人应当乐观地、开心地活着，这将给他带来好运。诗人不能在自己的诗中写死亡，否则就会应验，比如叶芝的诗中出现上吊，结果他死于上吊；普希金和莱蒙托夫在诗中写到决斗，结果他俩都死于决斗；马雅可夫斯基诗中写到子弹，结果是举枪自杀；后来割腕自杀的叶赛宁在死前不久就曾写到自杀……

第三个故事，其实不是故事，而是他主动谈起他本人和国家的关系。他郑重地、语速和缓地说，诗人对自己祖国的前途可以有不同的看法，但诗人不能因某些原因而怨恨自己的祖国。他的这些话非常贴心，这些话一般只能对熟悉的朋友讲，而今晚，我们是初见。我知道，在以前的苏联或现在的俄罗斯，对于叶甫图申科的诗和人，有过许多很高的赞誉，也存在不同的见解，有些人并不喜欢他。

叶甫图申科是我心仪已久的诗人，我们从未谋面。在北大怡园这间面积不大的餐厅里，外面是北京初冬的寒冽，屋里，却因为他的三个“故事”，一下子把我们的心燃烧得热烘烘的。中国人说的“见面亲”，就是此时我们之间的状态，语言不通，而心是相通并互相呼应的。

叶甫盖尼·亚历山大罗维奇·叶甫图申科，1932年诞生于伊尔库茨克，我们是同龄人。他是俄罗斯当代极负盛名的诗人、小说家、电影导演、政论家。他出版过近40本诗集，以及长篇小说、电影剧本、评论集等。他是苏联20世纪60年代“高声派”诗歌的杰出代表，写了许多抒情诗。他还是一位天才的朗诵家，他的诗歌朗诵极富魅力。他的创作关心现实的社会生活，擅长政治抒情诗的写作，他的政治诗富有时代感，有尖锐的现实批判性，他的声音因代表了俄罗斯前进的社会理念而拥有广大的读者群。在20世纪60年代，我读到那时作为“批判材料”的他的《娘子谷》和其他一批诗歌，心灵受到极大的震撼。

娘子谷是乌克兰基辅附近的一个大峡谷，二战期间，德国法西斯分子在此屠杀了大批的犹太人。诗人说：娘子谷上空没有纪念碑，陡峭的断崖，犹如粗劣的墓石，“我”觉得“我”也被钉上十字架，“我”的身上存有钉子的痕迹——而“我”本人，如同连成一片的无声呼喊，萦绕在成千上万具枯骨的上空：

我——是被枪杀在此的每一个老人。
我——是被枪杀在此的每一个婴儿。
在我的内心深处，
永远不会忘却！
让《国际歌》的歌声，
雷鸣般轰响起来，

直到在地球上彻底埋葬最后一名反犹分子，

我的脉管里没有一滴犹太血液。

但我胸怀粗粝的憎恶，痛恨所有的反犹分子，

如同一名犹太人，

因为啊——

我是一名真正的俄罗斯人！

这种充满激情的正义的呼喊，对于我们这些生活在20世纪五六十年代的中国青年，也是非常熟悉而亲切的声音。他的诗句唤起了我对逝去岁月的怀念。我们曾经蒙昧，我们曾经觉醒，我们也曾经抗争。觥筹交错中，我听他激情地朗诵，我们忘了时空，也忘了不同的国籍、宗教、语言和信仰。我们，我和眼前这位来自远方的俄罗斯人，我们的心连在了一起，我们仿佛早已相识，我们不是新知，我们是旧友。是共同的遭遇，是共同的理想，使我们一见如故，一见倾心！

夜已深，酒已酣，我与他碰杯，欢迎他的到来。我说，我们共同把握了今天，我们就是世上最幸运的人。昨天已经过去，它不属于我，明天不可预料，它也不属于我，今天，只有今天，是我们共同的拥有，属于我，属于我们。让我们为友谊，为和平，为正义干杯！经过翻译，叶甫图申科听懂了我的祝词，他带头为此鼓掌，他说，我要为你的这番话写一首诗。

北京大学怡园的这个夜晚，我们像相识已久的朋友——其实不是今天，早在上一个世纪我读他的诗的时候，我们已是心灵契合的朋友了——为我们的今天频频举杯，彼此祝福。在座的中国朋友，我的同事，还有来自俄罗斯的玛莎和安娜，也为我们的话动情。11月下旬，叶甫图申科回国。过了没几天，刘文飞就收到了叶甫图申科为我而写的诗，以下是刘文飞教授的译文：

昨天、明天和今天

献给我的中国朋友谢冕教授，在为欢迎

我抵达北京而于 2015 年 11 月 13 日举行的晚宴上，他的一句祝酒词给了我写作此诗的灵感。

生锈的念头又在脑中哐当，
称一称吧，实在太沉。
昨天已不属于我，
它不告别就转身。
刹车声在街上尖叫，
有人卸下它的翅膀。
明天已不属于我，
它尚未来到身旁。
迟到的报复对过去没有意义。
无人能把自己的死亡猜对。
就像面对唯一的存在，
我只为今天干杯！

2015 年 11 月 20 日，北京

2015 年 12 月 21 日，于北京昌平北七家。

附　叶夫图申科的诗

Вчера,завтра,сегодня

Моему китайскому другу, профессору Сё--стихотворение, вдохновленного его тостомпослучаю моего приездав Пекин 13 ноября 2015 года.

Вновь ржавая мысль в голове дребезжит,
Хоть вешайся--так тяжело.
Вчера мне уже не принадлежит --
Оно, не прощаясь, ушло.

На улице тормоз машины визжит,
Кто-то сшибает ее крыло.
Мне завтра еще не принадлежит, --
Оно еще не пришло.

Бессмысленно прошлому поздняя месть.
Смерть не угадаешь свою.
Икак за единственное, что есть,
Я за Сегодня пью!

Пекин, 20 ноября, 2015

饮中三品

酒趣：自称臣是酒中仙

酒、茶、咖啡，饮中三品，各有其趣，酒尤胜。酒有趣，其趣贯于饮酒的全过程：初约，举杯，彼此互致问候；继而，推杯换盏之间，情意绵绵，最美是微醺时节，似醉不醉之间，醉眼迷离，妙语如珠，老友新朋，无分性别年龄，一味的天真可爱。我不嗜酒，亦不善饮。早年朋友聚会，兴之所至，浅尝而已。记得那年，初访绍兴，主人招宴于咸亨酒家，因为此地乃是孔乙己先生当年饮酒吃茴香豆之地，一时忘情，用啤酒杯喝了一壶绍兴酒。同伴称奇，大加赞誉。受了鼓舞，于是口吐狂言，曰：世上还有比喝酒更重要的事吗？这有点像是醉汉的酒言，喝高了，话说大了！

在我的学生中，颇多有酒量的人。名气最大的当属老孟（即孟繁华）。其实老孟酒量并不大，但他酒后忘情而酣然，甚至颓而不识家门，令人捧腹。我写过老孟的酒后那些“劣迹”，一言定性，那即是“要么他被人打了，要么他打了别人”。自以为“传神”。我们曾为他出过“专著”，即《老孟那些酒事》。此书销量甚好，现已告罄，我们正筹划出版续篇，此是后话。

酒在中国文化中占有极为重要的地位。一般而言，文章好的，诗多半好，诗写得好的，酒必定好。此即所谓的诗酒风流。李白诗好，多半归功于他的酒喝得好。他几乎无诗不酒，每酒必诗，世称诗仙，也是酒仙。在他写酒的诗中，最有名的是《将进酒》：“古来圣贤皆寂寞，惟有饮者留其名”，“五花马，千金裘，呼儿将出换美酒，与尔同销万古愁”。酒可比圣贤，酒可延寿而至不朽，他把饮酒的价值推向了极致。但在他诸多饮酒诗中，我最欣赏的是《山中与幽人对酌》：“两人对酌山花开，一杯一杯复一杯。我醉欲眠卿且去，明朝有意抱琴

来。”醉意深深，两眼迷离，忘乎所以，憨态可掬。至于他的亲密朋友杜甫，其酒量如何，不得而知，

我们读杜甫的诗，写离乱，写民生，颠沛流离，凄苦万状，情动天地。但读多了，便越发想念他那偶显欢愉的文字，《秋兴八首》公认是他写“闲情”最美的文字，也是杜甫诗歌艺术的极致。但我们依然不知他是否嗜酒。我们从他写《饮中八仙歌》得知，他能把他的同时代人在长安街头的醉态写得如此惟妙惟肖，可以断定他至少是一位“高级围观者”，也许竟是八仙之外的另一仙！我的这个判断并非妄言，有诗为证：“白日放歌须纵酒，青春作伴好还乡。”前方的捷报来了，于是便“纵酒”，便开喝！这些议论，当然有待文学史家的考定，我说了不算。

话题回到酒趣这题目上来。中餐一般都是围桌而坐，觥筹交错，猜拳行令，笑语联翩，不似西餐那般正襟危坐，轻声，细语，不苟言笑。中国的酒席总是谈笑风生，喧闹非凡。记得20世纪侯宝林先生说相声，大家喜欢。有一

次侯先生表演两个酒鬼酒后斗嘴，两人拿着手电筒比画着谁能沿着那光往上爬。“你爬！你爬！”侯先生边说边比画，底下笑声拱屋，掌声不断，侯先生自己不笑。这段子，已经成为相声经典，也是我们永远的记忆。说酒趣不能少了这一页。中国的酒桌之上，无分长幼，甚至不论性别，一视同仁，有点俗，却也不少趣。记得有人调笑那些酒徒，不仅回家认不得路，而且进门对着自家的冰箱就撒尿！

前面说过，我不善酒，只是偶尔为之。师生聚会，年关佳节，美酒迎宾，一时欢愉，也是无酒不欢。但若问我，喜何种酒？一般不答。正如众人知我讲究美食，若问我，喜何方菜肴？亦不答。我曾说过，辣的不吃，酸的不吃，花椒远离，芫荽忌口，只会欣赏一种口味的，肯定不是美食家。同样道理，只钟情于一种酒的，也终究不是善饮者。近来我近酒多多，发现有人非茅台不喝，声言唯有酱香型的最佳，其余一概排除。我深以为憾。断言曰，此非知酒者。前年我晨运不慎骨碎，居家疗养，客厅成了病房，弃杂物甚多，唯酒不弃。狭窄的楼道成了我的“居酒屋”。酱香的、清香的、国酒、洋酒，我都不弃，我都珍藏。我藏书甚少，藏酒偏丰，读书无成，嗜酒独深，几乎成了藏酒家了。

就我个人的习性而言，我倾向于西餐的那种氛围，优雅，节制，修养。在中国的酒席中，我可以跟着别人哄笑，但我缺乏那种谈笑自若、特别是幽默的能力，我有点自矜，多半是一个缺少趣味的人。但的确，中餐的那份热闹，西餐是缺乏的。把话题放大些，我们不妨把文化话题扩展到不同文明上来，文化或者文明是多元的，历史、地域、民族、宗教，传承各异，各有其因，不可论优劣、计短长。我主张宽容与自由，各自尊重彼此，取其长，避其短。

说到中国传统，圣人孔子重礼教，在社交及家教方面，要求有礼有节，极严正。他把在餐饮宴席方面的礼节提升到宗庙祭祀仪礼的高度，要求也极为严格：所谓的“不时，不食；割不正，不食”，这只是其中一部分。但圣人毕竟是圣人，他知酒，也尊重饮酒的人。一向把饮食仪礼推向庙堂的圣者，唯独对酒宽容，例外，不设限。孔子曰：“唯酒无量，不及乱。”（语见《论语·乡党》）就是说，饮酒可以尽兴，不失态即可。由此可见，孔子至少是一位知酒的“酒友”。但他酒量如何，也有待专家的考证。

2024 年 2 月 29 日，于北京昌平北七家。

茶韵：松火夜煎茶

我的畅春园客厅里有张仃先生题赠的一幅斗方，书曰：“松火夜煎茶。”我不懂书法，似是他擅长的魏碑体，笔力苍劲古朴，配上端庄的边饰，与我清雅的居室相得益彰。画面的字雅静如水，出自唐代诗人孟贯的《赠栖隐洞谭先生》：“先生双鬓华，深谷卧云霞。不伐有巢树，多移无主花。石泉春酿酒，松火夜煎茶。因问山中事，如君有几家？”张仃先生是书画界前辈，我因为与诗人灰娃的友谊而认识了他。我的小小的客厅，因为他的墨宝而充满了夹带着松烟的丝丝缕缕的茶香。孟贯的这首诗，把我们的思绪引向了千年之前。诗人访友深山，深赞主人“不伐有巢树，多移无主花”的对自然界的尊重，松火煎茶，用的也是山间清泉。煎茶一艺，今已无存，查古，知古人有“煎茶卖之”的。如今留存在日本民间的“抹茶”似几近之。

茶乃国魂，中华古国，赖茶以立。我国饲茶已久，此中著述亦多，唐代陆羽乃是先行。他著了一部关于茶的专书:《茶经》。这是中国乃至世界关于茶的第一书。此书从茶的栽培、制作，习性、功用，乃至泡饮、茶具，都有详细的记载和论述；关于茶的生长用土，阴阳潮湿，都有独到的见解。涉及品茶饮用，论曰，“茶性俭，不宜广，广则其味黯澹。且如一满碗，啜半而味寡，况其广乎”，“啜苦咽甘，茶也”。陆羽这部专著以其立论赅全，见解精深，他于是被后世尊为“茶圣”。在中国，茶的历史其实也是人的历史、文明的历史。

国人制茶已久，茶的流通亦盛。山西人善贾，天下闻名。他们生意做得广，也做得活，贩茶即是一例。闽人种茶，晋人运茶，也是天下闻名。但是晋、闽之间，山重水复，相隔千里，山西人硬是把福建茶做成了一番大生意。

史载，是勤奋而智慧的晋商，把福建武夷山的茶，赶着盛大的马帮，马铃叮当，迢行万里，翻山越岭，渡黄河，翻太行，跨过冰雪覆盖的西伯利亚，把来自遥远南国的铁观音、大红袍，送到了彼得堡王公乃至白金汉宫的茶几上。著名的丝绸之路上，无边际的行旅中，帆影飘移，驼铃叮咚，一样地飘散着满天下的茶香。

有研究认为，中国的茶文化是西方茶文化的源头，此说不虚。中国的产茶区，几乎遍及西东，尤以江南诸省，多有名品。洞庭绿，祁门红，铁观音，大红袍，不可名状。茉莉香，龙井秀，普洱醇。名目繁多，群峰竞丽。我们识见所及，红绿交辉，黑白相间，眼花缭乱。我独不忘黑茶，略书一二。黑茶中的砖茶是我国西北地区民族奢爱的极品，冲奶为多，缓油腻也。我在昆明饶阶巴桑府上吃过诗人亲自制作的酥油茶。竹筒，盛满酥油和碾碎的茶砖，外加盐巴，辅以炒熟的核桃芝麻，通过活塞上下抽动，茶香、奶香、核桃和芝麻香，顷刻间蒸腾了屋宇。饶阶巴桑是诗人，藏族，他的名篇是《步步向太阳》，我想念他。

话题说到诗人和茶，令人想起闻一多的《口供》，也是名篇："自从鹅黄到古铜色的菊花，记着我的粮食是一壶苦茶。"菊花，茶，粮食，还有苦茶。苦到了极致，雅也到了极致。茶就是这样，与家族、国运、文明和传统，联结成一个古老的话题。我们不忘历史，记得百多年前，我的乡贤林则徐在虎门销烟，销毁的是鸦片。那是殖民者不远万里为我们"送"来的"礼物"。我们拒收这份充满另意的"快递"，我们回敬于世界的，是千百年源源不断的丝绸和茶——为了美丽，为了友谊，也为了和平！

话说到这里，中国茶是友谊和文明的象征，是沟通心灵的和平使者。记得齐白石有一幅画，画面为瓶花、烛台，烛光在案前闪烁，满屋飘着香气。老人为画点题："寒夜客来茶当酒。"画面没有出现主人，也不见来客，但是充盈着满满的真情厚谊。这是宋人杜耒的《寒夜》，诗有情趣，画也传情，不妨全录："寒夜客来茶当酒，竹炉汤沸火初红。寻常一样窗前月，才有梅花便不同。”茶是这般的诱人雅致，不免想起栊翠庵妙玉请宝玉吃茶往事，她把刘姥姥用过的茶杯弃了，此举未免有点过。此乃闲话。

但是，饮茶有道，却是真的。宜静，宜敬，宜凝重，宜闲致，不可喧哗，亦不可轻狂，如敬美人，如对君子。刘姥姥质朴，举止有点俗，此情可谅。我当然不为姥姥护短，但妙玉的反应的确有点“过”。何至于此！我也不是雅人，于饮食素来崇尚粗茶淡饭。饭，可丰可俭，茶则宜粗，不宜“细”。如《茶经》所云“茶性俭，不宜广”，“俭”在我化为“粗”，意即不可过淡。

我立此言，鄙人浅见，表达而已，不足为信。但我的确是被近年流行的“茶道”惊吓了。一些短见的商家，以及实俗而故作雅态的嗜茶人等，一会儿说龙井好，一会儿又说正山小种好。他们为了推销，甚至把产茶的思茅改成了普洱，他们热衷于“精致”包装，金玉其外，名实难副。身历此境，于是发奋，惦念粗茶，婉拒“细茶”。犹忆当年出差大理，友人享以滇绿（那时还不时兴“普洱”），土纸包装，不修边幅，饮之，沁人心肺，清香通体。极佳好，返至昆明，托人于某军方茶厂购得三级滇绿一斤，如获至宝。

茶是我之所爱，但我偏爱茶之粗粝，不喜太过精细。闻一多说的“苦茶”正合我意，亦为我之居家“粮食”。宾馆开会，一杯温水，漂浮着几片茶叶，每恶之。唤人换上一杯热气腾腾的苦茶，这才安适。此举非雅，要是遇上栊翠庵主人，一定把我看成了刘姥姥这样的乡下亲戚。

2024 年 7 月 31 日，于昌平北七家。

多情最是咖啡香

饮中三品，各有其致，酒近仙，茶近佛，咖啡近情。情者，性也，饮食而外，人类大爱，亲情、友情、情侣情、宗族情、家国情，世代绵瓞，亘古不绝，唯“情”一字而已。是故古曰，食色性也！乐事人间，延缘后代，是为至性。酒性烈，放达，有阳刚之美；茶性温，甘苦相济，有中和之美；唯有咖啡温婉，缠绵，乃呈阴柔之美。所以，咖啡近情，其位独特，无可代。鄙人浅见，不足为公论，一笑可也！

三品之中，茶和酒堪称吾国国粹，乃是国人引以为自豪的文明瑰宝。酒趣茶韵，造就了中华千年风雅。而咖啡非是，国中原先少有此物。我们有酒家，有茶肆，有勾栏瓦舍，却没有咖啡厅。因为咖啡的产地在赤道沿线，南美，东南亚，印度、越南都有，我国海南、西双版纳有一些，但产量不多。国人喝咖啡，应是近代以来之事。

关于咖啡的起源，据说是在9世纪的埃塞俄比亚，一个名叫卡尔迪的牧羊人，在寻找丢失的羊群时，偶尔发现了一种羊吃过就非常兴奋的红色浆果，这就是后来人们饮用的咖啡豆。这是关于咖啡起源的一种说法。（参看蒋春生：《神奇的“黑色魔力”：咖啡的时空之旅》，《光明日报》2024年7月18日。此后引文未见注明者，均同此注）于是在世界各地不同时期地掀起了令人迷醉的“黑色风暴”。此物的发生与被发现，的确有一点神秘色彩。即使是它的生长史，也极富令人遐想与诱惑的魔力：果实呈椭圆形，未成熟时为青绿色，成熟后其色艳红，烘焙后则发出黑色的光芒。

咖啡的生长史，仿佛象征着女性的一生一世：垂髫的豆蔻年华是青涩的，丰腴的成熟期有令人迷乱的艳丽，那些曾经的青涩，顷刻间化为了娇艳鲜丽的红玛瑙，而它烘焙后黑色闪亮的芬芳，足以劈开人们内心的暗夜，却是人们永恒之爱的诱惑！所以我认定咖啡近于女性。她的存在足以引发一场关于一个苹果的美丽的战争，罗密欧与朱丽叶那种生生死死的爱恋，乃至陆游与唐婉的那种悲情的叹惋，这就是咖啡。这就是令人又恨又爱、欲罢不能的，又让人沉醉的，甜而苦、苦而甜的“毒液”。当我认真回想这植物和它的果实，它的色彩和香气，它的令人升腾欲望的黑色潮涌时，让人联想和战栗的岂止是海伦，岂止是西施和貂蝉，又岂止是中宵夜静的长生殿！

说到咖啡，我眼中总会无限地向前延伸，从西湖的平湖秋月到塞纳左岸、多瑙河边，乃至被诗人命名为翡冷翠的波光帆影，一座连着一座的彩色遮阳伞花朵般开放，那就是如今时兴于世界的咖啡座。一杯咖啡，拂起一缕清香，有人对着悠远的帆影凝神，有人瞩目于柳荫深处野花丛中的迷人背影，他是在盼望着一袭倩影？他是巴尔扎克？他是罗曼·罗兰？他是雨果或者小仲马？是他们与佳人有约？上海外滩，平湖秋月，以及20世纪80年代展翅于珠江边的那只白天鹅（白天鹅，珠江边宾馆名）。由于国门开放，在当日中国，咖啡已经从京城六国饭店的云端流向了民间，成为一道时尚的风景。

在世界的各个角落，咖啡馆于是被尊为知识传播和时尚交流的一种方式和场所。即使是在文明时尚的西方，咖啡的传播也是最先启动在知识密集的地区，咖啡成为时尚与知识界的钟情于斯是一致的。据称，17世纪初，在英国牛津出现了第一家咖啡馆。随后，这些在牛津、剑桥、哈佛或者耶鲁周边的咖啡馆里聚集了年轻的学者和教授，一杯咖啡，足以消磨一个下午。他们在这里研讨学问、复习功课、讨论时潮，咖啡馆于是成了俗称的"便士大学"。不仅是学者和知识者，还有作家和诗人，他们利用咖啡馆的空间喝下午茶、写作，或者会见朋友。咖啡馆于是由"智慧殿堂"发展而为知识共享空间。（同前注，蒋春生文）它频繁地出现在诗歌和文学作品中。16世纪初的阿拉伯语颂歌："哦，咖啡！你驱散了所有忧伤，是学者们的渴慕之光，它给追求智慧之人带来健康。”17世纪—18世纪，咖啡更是大量地出现在文学作品中，从弥尔顿到济慈，从狄更斯到萨特。艾略特甚至说：“我用咖啡勺丈量了人生。”

在中国，咖啡成为流行的时尚，乃是晚近之事。19世纪中叶，国门开放，随着传教士、学者、商贾而来的，除了教堂、医院、海关、邮政，接着是赛马场、俱乐部、博物馆和电影院，特别是咖啡厅如花盛开。与外面世界交往多了，受到西风影响的中国知识界、学者和留学生，也自然地把西方文化包括对咖啡的热爱带回了中国。香港、上海当然是得风气之先，旺角、铜锣湾、兰桂坊，乃至梧桐树荫下的老上海霞飞路，到处咖啡飘香，成为那个时代一道迷人的风景。

与咖啡接触多了，人们也逐渐熟悉了它的品牌，卡布基诺、拿铁、意大利浓咖啡，乃至马来西亚白咖啡，终于成为普通人家客厅的常备。咖啡虽步下了神坛，却是不改它的高贵品质。它在中国广袤的乡村依然罕见，多半乃是开放的城市居民，特别是知识界的密友。一般人依然少于问津，可能由于习惯，也可能由于消费能力。一杯咖啡，不同场合，价位各异，宾馆餐厅，每款可高达百余元以至数百元，即使是在星巴克或是麦当劳，也并非平民能够轻易享用的。我个人的经验是，居家自备、即时冲泡较为省钱。闲坐消遣，咖啡为伴，如对挚友，逍遥自在。

然而，说到底咖啡的作用不仅在于饮用，它还是交际场合的天使。友朋相聚，咖啡飘香，拉近了彼此的距离。但饮用咖啡的理想境界的确不同于酒场喧腾，也不同于茶室凝思，它最宜于二人静谧相对，亦即我所乐见的“两个人的咖啡”。或是亭午青荫，或是花前月下，一个僻静的角落，两心默默，此情此意，可比天人！

2024 年 9 月 30 日，于昌平北七家。

寻味五记

味　　鉴

吃饭喝酒，是味觉上的享受，讲究的是味道。关于吃食，我说过一些话，被误传为谢某“不咸不吃”。其实不是，原意是：该咸不咸，不吃。（那年王路、胡长青陪同第三次登泰山。事后王路发微信：谢老师不咸不吃，不甜不吃，不油不吃，83 岁能步行登泰山。其实，本意应当是：该咸不咸，不吃；该甜不甜，不吃；该油不油，不吃）旅行在外，吃宾馆里的菜肴，往往苦于乏味，每道菜几乎都缺盐。记得那年，在南方某学校吃食堂，菜品繁多，目不暇接，缺点就是，太淡，寡味！因为是无所选择，于是每餐都自带食盐，免得每次都呼人送盐。由此得出结论：平庸的厨师不会、也不敢用盐。他们宁肯寡淡，寡淡不担风险。而精明的厨师却是勇者，敢于用盐，往往一锤定音，而境界全出。

五味之中，盐是霸主，盐定位，糖提鲜，此理主厨者皆知。不会用盐，犹如医师开方，犹豫而不敢在主药下足分量，庸医于是就出现了。一些大的、老字号的饭店，菜端上来，不用怀疑，就是这个味，因为厨师下手有数。其实，好饭店不一定要上高端珍品，能把普通菜做成精品才是名厨。没有窍门，其道理很简单，火候食材等因素除外，适量用盐最是关键。我的一位朋友，吃饭很老到，他专拣大饭店点普通菜，便宜，到位。我说过的北大畅春园超市的饺子，每次吃，每次都满意，酱油醋等不用外加，不假思索，张口就吃，也是因为到位，够味，“信得过”。

吃饭就是求味觉的满足，盐不到位，便乏味。这是就一道菜而言的，推而广之，就一次宴席而言，其理亦同。一桌人围坐，主人出于礼节，请客人各点一道菜。众人欣然曰：好好，还是点清淡些的。结果八九人点出十几道菜——不是白菜豆腐，就是豆腐白菜。这场面我经历不止一次了，每次都很扫兴，也很尴尬。碍于情面，只能把不悦憋在心里：这是吃饭还是比赛风雅？这里的潜台词，“清淡”是高雅而时尚的，要是点“清淡”以外的，就俗气了。于是，就满桌的白菜豆腐，豆腐白菜！

上面说的是集体会餐，一桌的寡淡让人郁闷。其实，所谓每人点一道菜，乃是西方的规矩，因为西餐是“各吃各的”，每人点自己爱吃的一道主菜就行，无须考虑众人口味。中餐则不同，中餐是围桌而坐，讲究的是综合和协调。一桌人围坐，菜单一般是由主人预定的，有时也由主人临场发挥，当场点。除了宴请熟朋友，我本人是轻易不敢临场发挥的，这不啻是一场“冒险”，因为此时往往七嘴八舌，各主其是，结果则是莫衷一是。我的经验是不轻易“发扬民主”而主张“独断”——即由一人说了算。因为我深知众口难调。

点菜是一门高超的艺术，首先要考虑菜系，粤菜、川菜、闽菜、淮扬菜、鲁菜……中国菜系繁多，各自特点突出，若在粤菜馆点水煮牛肉，就会贻笑大方，有人在川菜馆要求“不辣”，也近于无知。中国菜南甜北咸，差别在天地之间。在无锡，犹如吴侬软语，往往甜得柔情万种；而在燕赵大地，则是重油重盐，犹如易水风寒，慷慨悲歌！晋人嗜酸，无醋不欢，霸气冲天；蜀地喜辣，红油火锅，挥汗如雨！所以，宴客点菜首先要考虑菜系，特别是这个菜系的名菜和招牌菜，这才“近于专业”。一桌成功的宴席，主事者除了了解菜系和菜馆，还要兼顾客人的组成，他们口味不一。荤菜素菜，软菜硬菜，爆、炒、汤、蒸，拼盘宜淡，主菜宜重，先轻后重，次第顺进，直抵高潮。高潮而后，这才甜食和果类登场，是甜蜜的余绪，宴会于是在暖意浓浓的“皆大欢喜”中圆满结束。

点菜难，因为这是一道调和众口的艺术。记得早年家里灶间，有祖传剪字，乃是先人手书的一副对联：“此间大有盐梅手，以外从无鼎鼐人。”此语有魏晋遗风，似是出自钟鸣鼎食之家的口气。盐梅手，鼎鼐人，原指厨师，但此处却有题外之音。古人常把宰相比厨师，因为厨师知百味，大厨师更能协调众人之口味。能调百味者，相国之才也。因而“鼎鼐万家”说的不是厨师，而是大相国。

话扯远了，还是回到主人点菜上面来，此时环顾列座众人，想着各人的口味，南北西东，咸甜酸辣，理应兼顾而容人。主人首先重视的是“各悦其悦”，再进一步，则是试图扩展他们的味觉，进而共享众人之悦。正是此时，厨师就跃身而为一人之下万人之上的“国师”了。我知道“治大国若烹小鲜”这话的原旨，但更愿意借此以形容，我此时此刻的感受。点一桌菜，让大家开心，这里难道不包含更丰富的意义吗？常言道，众口难调，此刻经高超的“厨艺”的调理，这古来的难题，却是迎刃而解！

这篇小文有感于厨师不敢用盐而起——乏味！食物缺盐是乏味，人生寡淡是乏味，我本南人，家乡饮食偏甜，习性并不重盐。我的口味很宽，咸甜酸辣从不忌口，且常常奚落那些口味偏执而自诩为“美食家”者。但即使如此，我仍对“缺那么一点盐”耿耿于怀！这说的是咸，甜也一样，不到位，也是败笔。几年前吃粤产沙琪玛，包装精致，一吃，就差一句国骂出口。这道京城名吃，既缺油，又不甜，又不酥软，全变味了。乏味，说的是不够味，缺盐，缺甜，缺油，都败人胃口，都令人愤愤。

在汉语中，“五味杂陈”是贬义，犹如“五色乱目”“五音乱耳”一样。《老子》第十二章讲“五色令人目盲，五音令人耳聋，五味令人口爽”，指欲望多了易成反面，“口爽”者，诸味杂陈，反而伤败纯正的味道也。这是道家的一种审美准则。而我斗胆不持此议，我认为饮食之道在于多样，“五味杂陈”方是正道。一桌酒席，甜酸苦辣咸，五味杂陈，让众口尝百味，从而改变人们的口味偏见和积习，乃是饮食应有之道，是为常态。

而我则始终我行我素，坚持我的主张，有味，够味，恰到好处的足味；而断然拒绝的则是，乏味。啤酒要冰而爽，咖啡要热且浓，杜绝温暾水。冷也好，热也好，甜也好，咸也好，都要各在其位，都要各显其能。愚生也钝，生性也许平和，处事也许雍如，但内心却是一团熊熊烈焰——热情，坚决，甚而激烈。这是品味饮食吗？不，也许是在追寻人生的一种境界。

己亥、庚子之交，瘟疫自天而降。自冬及春，百业闭门，万民禁足，元宵幽月无灯，举国悲声。国事如此，内心戚戚，遂作闲文。乏味者，非言宴饮之道，实乃适时之感也。

2020 年 02 月 02 日 —2020 年 02 月 20 日，一串吉祥的数字。于京郊昌平北七家，此际小区严控出入。

觅食寻味

我在大学任教，平常做的是学术研究，也写些文艺评论方面的文章，这是我的正业。多年前离休了，不再那么忙了，有时间写些闲文。此中着力较多的是有关美食一类的小文章，积少成多，居然也可出本小册子了。心中暗喜，我毕竟没有虚度时光。但又不免忐忑，如今这般的废“黄钟”而就“瓦釜”，人们会怎么议论我？我写着这些自己喜欢的文字，总觉得有点心虚。

我想辩解，给自己找根据，于是追寻历史，找“先例”。一找，居然有了底气。最先找的当然是儒家经典的《论语》，让圣人为我“壮胆”。《论语·乡党》篇，夫子把日常饮食与祭祀仪式联系起来，使这日常吃食顿然有了庙堂之上的庄严感。《乡党》所述，除了人们耳熟能详的“食不厌精，脍不厌细”那些句子，还有“不时，不食；割不正，不食”，以及“唯酒无量，不及乱”等等，都可理解为夫子对于饮食的主张。

翻开中国文学史我还发现，历代文人中，诗文好又有美食记载的并不乏人。苏轼在前，袁枚在后，今人又有汪曾祺，都是美文家兼美食家的双重身份。他们都是讲究吃食的“专才”，即现在人们揶揄的“吃货”一族。其实，读鲁迅的书，也可读出他的“精于此道”来。我至今还记得鲁迅讲的“柿霜”，更不用说咸亨酒家的茴香豆和绍兴酒了。鲁迅讲究吃，频繁且阔气，他几乎吃遍了上海滩上的名菜馆，几乎也吃遍了北京城里的名菜馆。除了鲁迅，民国文人中梁实秋、周作人、郁达夫也是此中的知名者。有了这些我所景慕的前辈为我壮胆，我心不虚。

其实，食非异端。典籍上说：食、色，性也。指出此二者是人类的天性。而二字的排序，食又在前，是为“天”。饱暖而思淫欲，这话有点粗俗，但却是真话。其实人类的吃，首要之义，在求生命的存在与延续。所以鲁迅才说“一要生存”，然后才能谈发展；恩格斯高度评价马克思的“发现”，“人们首先必须吃喝住穿”，然后才能从事其他。这些，都是为一个“食”字正名。

依我看，食不仅非异端，且食中有道，俗云“味道”即是。人们因精于食，从中悟出许多人生的道理。这样，我们谈美食，就绝非仅限于解决口腹之虞，其中有大道理！首先是体味人生，人生百味，饮食悉数寓之，不同的是，它诉诸味觉，即舌尖上的五味杂陈：甜、咸、酸、辣，麻、苦，甚至于“臭”。“臭”在厨中可以神奇地转换为“香”。中国的皮蛋、豆豉、臭豆腐，乃至于京城名吃豆汁儿，均是此种佳品。不仅中国，日本的纳豆、西餐的多种奶酪，都成功地实行了美丑的转换。

而更妙的是，美食有它更为宽泛的领域，它不仅仅凭借味觉，而且兼及视觉乃至听觉。一款松鼠黄鱼，甜酸焦脆是味觉，而它华丽的造型，又是诉诸视觉的享受。中国厨艺，装盘配菜是诉诸视觉的，犹如婚礼之有伴娘，锦上添花。我多次引用诗人郭沫若为厦门南普陀一份素汤命名“半月沉江”的例子，此命名完成的不仅是美食，而且为厨艺加入了诗学的意味。这是餐桌上的美学。这方面日本料理最为突出，日本厨师端上桌的仿佛不是一道菜肴，而是一盆鲜花。从刀工到装盘，均极具审美之心。但日本料理似乎有点“过”，即它着意于视觉上的效果而往往超过了味觉上的丰美，有点喧宾夺主。

中国美食诉诸听觉的例子亦是多多，如昵称“轰炸东京”的三鲜锅巴，焦脆的锅巴盛于盘，上桌时滚烫的菜码往上一倒，发出爆炸的声响，令人精神为之一振。其余如“三大炮”“炸响铃”，也都以声取胜，但亦有表面波澜不惊而沸腾于中的，云南的过桥米线即是。一只盛满汤汁的大碗，表面风平浪静，依次投入生鲜食材，顷刻之间即成熟品，实是神奇。

美食给人的启悟是多方面的，食材，配料，刀工，盛器，装盘，酒具，席次的安排，上菜的秩序，其中涉及社交仪礼等，也是含蕴多多。世界广阔，中西有别，风俗各异，烹调的学问精博广博。单以中餐为例，其间操作的细节，也是难以尽述。只说火候，文火慢炖，急火爆炒，快慢之间，差之厘毫，失以千里！以汤而言，宽窄清浊，收汤适度，皆有学问，也是轻慢不得。

味非常物，味中有道，此道非单指舌尖而言，此道事关世态人情，涉及社会人生的大道理。美食不仅丰富我们的人生，使我们能够得到一种快感和万般乐趣，美食更能从一个侧面为我们指点世道人心乃至格物致知的迷津。我们能从美食中学会多元、兼容、综合、互补、主次、先后、快慢、深浅、重叠以及交叉的方方面面。美食可以是引导我们走向美的、成熟的人生的一种方式。

2021 年 3 月 12 日，此日京城春雨霏霏。

馅饼记俗

在北方，馅饼是一种家常小吃。那年我从南方初到北方，是馅饼留给我关于北方最初的印象。腊月凝冰，冷冽的风无孔不入，夜间街边行走，不免惶乱。恰好路旁一家小馆，灯火依稀，掀开沉重的棉布帘，扑面而来的是冒着油烟的一股热气。但见平底锅里满是热腾腾的冒着油星的馅饼。牛肉大葱、韭菜鸡蛋，皮薄多汁，厚如门钉。外面是天寒地冻，屋里却是春风暖意。刚出锅的馅饼几乎飞溅着油星被端上小桌，就着吃的，可能是一碗炒肝或是一小碗二锅头，呼噜呼噜地几口下去，满身冒汗，寒意顿消，一身暖洋洋。这经历，是我在南方所不曾有的，平易，寻常，有点粗放，却展示一种随意和散淡，家常却充盈着人情味。

我在京城定居数十年，一个地道的南方人慢慢地适应了北方的饮食习惯。其实，北方，尤其是北京的口味，比起南方是粗糙的，远谈不上精致。北京人津津乐道的那些名小吃，灌肠、炒肝、卤煮、大烧饼，以及茄丁打卤面，乃至砂锅居的招牌菜砂锅白肉，等等，说好听些是豪放，而其实，总带着京城大爷满不在乎的、那股大大咧咧的“做派”。至于京城人引为“经典”的艾窝窝、驴打滚等，也无不带着胡同深处的民间土气。在北方市井，吃食是和劳作后的恢复体能相关的活计，几乎与所谓的优雅无关。当然，宫墙内的岁时大宴也许是另一番景象，它与西直门外骆驼祥子的生活竟有天壤之别。

我这里说到的馅饼，应该是京城引车卖浆者流的日常，是一道充满世俗情调的民间风景。基于此，我认定馅饼的“俗”。但这么说，未免对皇皇京城的餐饮业有点不恭，甚至还有失公平。开头我说了馅饼给我热腾腾的民间暖意，是寒冷的北方留给我的美好记忆。记得也是好久以前，一位来自天津的朋友来看我。我俩一时高兴，决心从北大骑车去十三陵，午后出发，来到昌平城，天黑下来，找不到路，又累又饿，也是路边的一家馅饼店“救”了我们。类似的记忆还有卤煮。那年在天桥看演出，也是夜晚，从西郊乘有轨电车赶到剧场，还早，肚子饿了，昏黄的电石灯下，厚达一尺有余的墩板，摊主从冒着热气的汤锅里捞出大肠和猪肺，咔嚓几刀下去，加汤汁，垫底的是几块浸润的火烧。寒风中囫囵吞下，那飘忽的火苗，那冒着热气的汤碗，竟有一种难言的温暖。

时过境迁，京城一天天地变高变大，也变得越来越时尚了。它甚至让初到的美国人惊呼：这不就是纽约吗？北京周边不断“摊大饼”的结果，是连我这样的老北京也找不到北了，何况是当年吃过馅饼的昌平城？别说是我馋得想吃一盘北京地道的焦熘肉片无处可寻，就连当年夜间路边摊子上冒着油星的馅饼，也是茫然不见！而事情有了转机还应当感谢诗人牛汉。前些年牛汉先生住进了小汤山的太阳城公寓，朋友们常去拜望他。老爷子请大家到老年食堂用餐，点的就是城里难得一见的馅饼。

老年公寓的馅饼端上桌，大家齐声叫好。这首先是因为在如今的北京，这道普通的小吃已是罕见之物，众人狭路相逢，不免有如对故人之感。再则，这里的馅饼的确做得好。我不止一次“出席”过牛汉先生的饭局，多半只是简单的几样菜，主食就是一盘刚出锅的馅饼，外加一道北京传统的酸辣汤，均是价廉物美之物。单说那馅饼，的确不同凡响，五花肉馅，肥瘦适当，大葱粗如萝卜，来自山东寿光，大馅薄皮，外焦里润，足有近寸厚度。佐以整颗的生蒜头，一咬一口油，如同路边野店光景。

这里的馅饼引诱了我们，它满足了我们的怀旧心情。此后，我曾带领几位博士生前往踩点、试吃，发现该店不仅质量稳定，馅饼厚度和品位依旧，且厨艺日见精进。我们有点沉迷，开始频繁地光顾。更多的时候不是为看老诗人，是专访——为的是这里的馅饼。久而久之，到太阳城吃馅饼成了一种不定期的师生聚会的缘由，我们谑称之为“太阳城馅饼会”。

面对着京城里的滔滔红尘，灯红酒绿，锦衣玉食，遍地风雅，人们的餐桌从胡同深处纷纷转移到摩天高楼。转移的结果是北京原先的风味顿然消失在时尚之中。那些豪华的食肆，标榜的是什么满汉全席、红楼宴、三国宴，商家们竞相炫奇出招，一会儿是香辣蟹，一会儿是红焖羊肉，变着花样招引食客。中关村一带的白领们的味蕾，被这些追逐时髦的商家弄坏了，他们逐渐地远离了来自乡土的本色吃食。对此世风，也许是“日久生情”吧，某月某日，我们因与馅饼“喜相逢”而突发奇想。为了声张我们的“馅饼情结”，干脆把事情做大：何不就此举行定期的“谢饼大赛”以正“颓风”！

当然，大赛的参与者都是我们这个小小的圈子中人，他们（或她们）大都与北大或中关村有关，属于学界中人，教授或者博士，等等，亦即大体属于“中关村白领”阶层的人。我们的赛事很单纯，就是比赛谁吃得多。分男女组，列冠亚军，一般均是荣誉的，不设奖金或奖品。

我们的规则是只吃馅饼，除了佐餐的蒜头（生吃，按北京市井习惯），以及酸辣汤外，不许吃其他食品，包括消食片之类的，否则即为犯规。因为大赛不限人种、国界，所以多半是等到春暖花开时节岛由子自日本回来探亲时举行“大典”。大赛是一件盛事，正所谓“暮春者，春服既成”，女士们此日也都是盛装出席，她们几乎一人一件长款旗袍，婀娜多姿，竟是春光满眼。男士为了参赛，嗜酒者，也都敬畏规矩，不敢沾点滴。

我们取得了成功。首届即出手不凡，男组冠军十二个大馅饼，女组冠军十个大馅饼。一位资深教授，一贯严于饮食，竟然一口气六个下肚，荣获“新秀奖”。教授夫人得知大惊失色，急电询问真伪，结果被告知：不是“假新闻”，惊魂始定。遂成一段文坛佳话。一年一场的赛事，接连举行了七八届，声名远播海内外，闻风报名尚待资质审查者不乏包括北大前校长之类的学界俊彦。燕园、中关村一带，大学及研究院所林立，也是所谓的“谈笑有鸿儒，往来无白丁”的高端去所。好奇者未免疑惑，如此大雅之地，怎容得俗人俗事这般撒野！答案是，为了“正风俗，知得失”，为了让味觉回到民间的正常，这岂非大雅之举？

写作此文，胸间不时浮现《论语》的《侍坐章》情景，忆及夫子“喟然叹曰：‘吾与点也’”往事，不觉神往，心中有一种感动。夫子的赞辞鼓舞了我。学人志趣心事，有事关天下兴亡的，也有这样浪漫潇洒的，他的赞辞建立于人生的彻悟中，是深不可究的。有道云：“食、色，性也。”可见饮食一事，雅耶？俗耶？不辩自明。可以明断的是，馅饼者，此非与人之情趣与品性无涉之事也。为写此文，沉吟甚久，篇名原拟“馅饼记雅”，询之“杂家”高远东，东不假思索，决然曰：“还是‘俗’好，更切本意。”文遂成。

2019年2月4日至2月5日，岁次戊戌、己亥之交除夕立春，俗谓“谢交春”，“万年不遇”之遇也。

面条记丰

中国幅员广大，基于气候、地理和物产的差异，饮食习惯南北判然有异，大抵南方重稻米，北方重麦类。我的家乡福建人不会做馒头，也不会包饺子。记得幼时，馒头是山东人营销的，有专门蒸馒头的店，叫山东馍馍，店一般都小，往往供不应求。到北方久了，也发现北方邻居很少做米饭，他们宁可到集市去买现成的面食，而懒于自己做米饭。这种南北差别是明显的。在诸种主食中，能被南北方“通吃”的主食很少，面条似乎是个例外。面条古称汤饼，西晋束皙有《饼赋》，说面条“弱似春绵，白若秋练。气勃郁以扬布，香气散而远遍”。以往都认为面条在汉末方才出现，但考古人员却在青海民和的喇家遗址发现了一碗距今四千年的面条遗存。言者称："四千年前的那碗面条至今飘香。"

我到过中国的很多地方，到处都有面条，而且都能造出自己的风味来。那时我无心，没有想到日后做饮食方面的文章，于是名目繁多且风味各异的面条，吃了也就是一声赞叹，没有留下文字记载，渐渐地记忆模糊了。如今提笔，犹记在遵义夜摊上吃过的一碗面条，口感和用料都非常特殊，留下的印象只记得面条是褐色的，其余一切全忘了。其实，这类谈饮食的文字多半是记叙的，例如用料、形制、火候、汤汁，以及佐料、口感，等等，均应当时静观而默记于心，日后写起来就容易得多，抒情或发挥倒在其次。

尽管如此，大略的记忆还是有的。例如山西的面食品种最多（据说多达二百余种），当年造访三晋大地，从太原一路南行，榆次、平遥、介休、洪洞、曲沃，直抵晋陕交界的风陵渡，都是黄河遥远的涛声与面条的诱人香气一路相伴。山西面条的原料以及造型、宽窄、粗细，名目繁多的各项浇头都让人眼花缭乱：剔尖、揪片、拨鱼、猫耳朵、饸饹、莜面栲栳……当然，为首的应当是名满天下的刀削面了。边走边吃，不禁惊叹山西的面食文化与地面古迹遗存同样地堪称海内之最。

遗憾的是，因为行色匆匆，这些面食多半只能在宾馆的餐厅吃，而餐厅的口味大家都有经验，多半是被一律化了，当然与民间，特别是街边小摊上的本色相差甚远。后来北大校园专门设立面馆，各个窗口有数十种来自全国各地的面条同时开放，这对我像是一种补偿。我在北大面馆吃到兰州的牛肉拉面、上海的阳春面、宜宾的燃面、四川的担担面，等等。因为商家来自全国各地，都带来各自的“看家本领”，诸路诸侯各显神通，面条的水准均是高的。进入北大面馆，因为名目繁多，往往东张西望，无所适从。但我多半会在饱赏众家之后最后选定一碗刀削面。

北大面馆的这款刀削面，一大海碗，至少三两，只需五元（小碗约有二两，为四元）。这碗面条在外边没有二十元下不来，因为是在校园内，免税，而且有补贴。分量足、价格便宜倒在其次，主要是地道。午餐或晚餐，排队买刀削面的队伍最长，但即使如此，学生们还是耐心地选择这个窗口。刀削面的重点是在面条的筋道上，厨师变戏法似的旋转着用快刀削面团，面片如雪花般纷纷飘落锅中，几番加水，翻滚数道而成。有劲，面条从滚烫的汤锅里捞出，紧接着就是一勺带着红烧肉丁勾芡的浓汤浇头，端上桌，碗底闪着诱人的红光。冬天，外边严寒，屋内，手捧面碗，热气腾腾。

这是刀削面，劲道，有嚼头，浇头滑润而霸气，代表着北方特有的坚韧和强悍。而南方的面条则是另一番景象，其代表作应当是在苏州。苏州的面条品种也是多多，浇头多达百余种，细面有若龙须，其特点是细腻、精致、绵软而爽。其著者有朱鸿兴焖肉面、陆长兴爆鱼面、斜塘老街裕兴记三虾面等。单说这三虾面，是一种拌面，虾仁、虾籽、虾黄为主浇头，上桌时，一碗干面、一碗三虾浇头、一碗青菜、一碗蘑菇炒笋、一碗清汤。很贵，很高端，但供不应求，要预约，每年只卖两个月。

在苏州吃面，食客和店家都很精细，进门一声交代，那边就唱歌般地唱出了一长串：三两鳝丝面，龙须细面，清汤，重青，重浇，过桥！把食客的要求一一都清楚交代了。那店家，很快回应，汤是清澈见底的，面条纹丝不乱，码成“鲫鱼背”，上面漂着绿叶青丝。据说枫镇同得兴的大肉面非常出名，汤宽汤紧，重青免青，都能吃出一片清风明月，吃成与苏绣、碧螺春和苏州园林一样的风雅来。到苏州吃一碗地道的面条，是一种温柔的体验。我多次访问苏州，但却没有在苏州名店就餐的机会。倒是在上海南京路的小弄堂里，有吃一碗苏州焖肉面的经历。面端上来，清汤见底，一块焖肉约占三分之一的碗面，汤上撒着小葱花，色彩艳丽，特别是那块焖肉，色鲜红，酱香油亮而糯。面碗周边陈列小盘的各色浇头，如花盛开。

面条在中国可谓遍地开花，遍布南北西东：兰州牛肉拉面、新疆拉条子、武汉热干面、苏州奥灶面、上海阳春面、四川担担面，还有福州的线面，丝丝不断，下锅不糊，可汤可炒，可称极品。也许不应漏了京城，北京拿得出手的也就打卤面和炸酱面两种。就是这老两样，在现今的京城也是难有正宗的货色。单说那打卤面的卤，肉和鸡蛋，鸡蛋打成蛋花，金黄色浮在暗红发亮的卤汁上边，黄花、木耳，加上传统的鹿角菜，就成了。鹿角菜在北京打卤面里，犹如芽菜在四川担担面里一样，看似配角，却是万不可缺。普通面食，但看有无这配角，由此可辨真伪。

我历年漫游各地，每到一地，总要问津当地的面食。曾经在号称“美食之都”的成都，多日住在宾馆，天天面对刻板乏味的饭食，连一碗普通的担担面都不见，直至离去，可谓怨恨至极。那年在重庆也是如此，宾馆吃食，千篇一律，于心不甘，决心“造反”。私下约了二三好友，找一家面馆，一碗重庆小面，三元钱，豪华一点，再加一碗“豌炸”，也不过数元。大喜，大呼，这才算到了重庆！

2019 年 2 月 9 日，己亥正月初五于北京。

包子记精

记得那年在扬州，正好赶上烟花三月时节。瘦西湖上雨丝风片，乱花迷眼。我们的画舫穿行于依依柳丝之间，春风拂面，莺啼在耳，挚友为伴，心绪畅怡。弃舟登岸，于五亭桥上，遥观远处熙春台殿影，隐约于二十四桥重荫之中，恍若仙境。那日我们行走于长堤春柳，访大明寺，谒史公祠，甚是尽兴。唯以未尝远近闻名之富春包子为憾。询之游客，得知每日上午九时，有专船载现蒸的富春包子于平山堂筵客。

翌日早起，抵平山堂，迎候。九时正点，一小舟穿越柳烟逶迤而来，大喜。平山堂这边有专门茶肆迎客。几张木质桌椅，上面备有碗碟和蘸料。坐定，冒着热气的笼屉从小船被抬了下来。赶早而来的食客安静地等待开单。记得当年要了一屉的三丁包子，另加若干普通的肉包子。肉馅有繁简，表现在个头上，五丁肉包堪称超级豪华版，个头大，皱褶多，内馅依稀可见，近于透明。因为是学生，不多钱，没敢要五丁馅的。已很满足了，毕竟是在别有风味的地方，吃别有风味的包子。扬州古称“销金之地”，所谓“腰缠十万贯，骑鹤上扬州”即是。这里歌楼酒肆，钗光鬓影，春风十里，觥筹歌吹。堪与此种盖世奢华媲美而骄能自立者，除了瘦西湖，可能就是名扬天下的貌俗实雅的富春包子了。

富春包子讲究荤素搭配，除鸡丁、肉丁等，必不可少的是鲜笋丁，构成鲜、香、脆、嫩的组合，以盐正位，以甜提鲜，皮薄多汁，构成清鲜与甘甜、蓬松与柔韧、脆嫩与绵软交映互补的味觉效果。说到富春包子的笋丁，引起我的一番回忆。我与扬州大学叶橹教授是老朋友，我们在学术上没有论争，却在“扬州狮子头是否应放荸荠丁”的问题上有过激烈的“论辩”。叶橹受难时被发配到高邮劳改，他认高邮为他的第二故乡。也许是爱屋及乌，他更加确认，高邮总是世上“最好”，包括高邮的狮子头也比扬州好：“扬州狮子头放荸荠丁，高邮就不放，高邮全肉。”我称赞过江都人民饭店的狮子头：六分肥，四分瘦，特别是加了荸荠丁，软糯中又有脆感，很是适口。叶兄不以为然：“肉馅加别物，是过去穷，不能用全肉，才加了别物。”

其实，扬州狮子头之所以能艳压群芳，肉馅加荸荠丁确是神妙之笔。这点叶橹不懂。我常感慨中国菜犹如中药的配伍与组方，一个方子，有主有伍。落实到狮子头，荸荠丁虽不是“主”，却是精彩的“伍”。在没有荸荠的季节，笋丁、藕丁亦可替代，要的还是软糯中的那种脆劲。这点北方人不明白，也学不到，他们喜欢在四喜丸子中用土豆丁，这就叫“差之毫厘，谬以千里”了。叶先生以穷富代审美来论狮子头食材之主配，其谬大矣！

话扯远了，还是回来讲包子。和饺子一样，中国的包子也是南北竞秀，花开遍地。我的见闻有限，大抵而言，北方口重，近咸，南方口轻，偏甜。那年偕同李陀、刘心武、孔捷生等访闽，记得郭风先生亲抵义序机场迎接我们。宾馆的早餐有福州包子迎客。李陀一咬，愤愤然，拒吃："这是什么包子？哪有肉包子放糖的！"他是东北人，少见多怪，不免偏颇。殊不知，长江往南，遍地皆是"甜蜜蜜"，而以无锡为最。就包子而论，广州的叉烧包可谓国中佳品，肥瘦兼半的叉烧肉，加上浓糯的汤汁，其口味咸甜谐和，想仿也仿不来的。当然还有如今满街头的杭州小笼包，六元钱一屉，一屉十个，一个一口吞，甚妙。

据说，包子的豪华版更有胜于富春包子的，那就是江苏靖江的蟹黄汤包。蟹黄乃是味中极品，以蟹黄做馅可谓奢华之至。靖江地偏，我尚未到过，难以评说。倒是在南京鸡鸣寺品尝过蟹黄汤包，也许失去地利，也许旅中匆促，印象倒是平平，并不"震撼"。但愿有机会实地"考察"一番。名声大的，还有上海生煎。顾名思义，生煎不同于一般的气蒸，有油煎的焦香，馅鲜嫩，皮焦脆，风味独特。

说到上海的煎包子，不免联想到乌鲁木齐的烤包子。新疆的小吃从馕到手抓饭，我都喜欢，但最爱却是烤包子。每到新疆，首选非它莫属。乌鲁木齐烤包子用的是巨大的圆形土烤炉，烤炉的内厢均是泥巴，羊肉大葱馅，好像是半发酵的面皮，往炉壁一贴，不多久，香气就飘出来了。外皮是酥脆的，肉馅是嫩滑的，又有烤馕和孜然的芬香，极佳。新疆烤包子凝聚着西北边疆特殊的文化风貌，以无可替代的、独特的风格丰富了千姿百态的中华烹调。

天山南北，大河上下，大地生长的小麦和稻谷创造了悠久的农耕文明，遍地开花结果的包子，以面食的一种代表的是中华文化的绵远精深。也许此刻我们最不能忘的是享誉海内外的天津狗不理。“狗不理”这名字有点俗，也有点野，却象征着文明的一端。据说狗不理包子的主人大名高贵友，小名狗子，原籍武清杨村，1858 年在天津开德聚号包子铺。生意做火了，忙不过来，顾客怨狗子不理人，包子被谑称“狗不理”。津门诙谐，雅号沿用至今，犹如京片子的“大裤衩”之不胫而走。

这篇文字的标题是一个“精”字，其意在表明代表中国餐饮的精彩之笔乃是貌不惊人、随处可见的包子。中国包子的精妙之处在它的一系列工艺的“精”：揉面，调馅，蒸，煎，烘，烤，关键则是最后一道工序通过包子的“包”显示出它的审美性。就造型而言，天津狗不理的皱褶是十五褶到十八褶，上屉或下屉的瞬间，呈现在人们面前的是柔柔的、怯怯的、一朵含苞待放的白菊花！有传言说，扬州三丁包子的皱褶可以多达二十四褶，代表二十四节气。这就叫精彩绝伦。

但不论如何，我依然心仪于半个世纪前平山堂的那顿“野餐”。清晨，薄雾，一舟破雾欸乃而至，山水顷间泛出耀眼的绿。我们以素朴的、民俗的、充满乡情的方式，等待、期许、接纳、相逢。这情景，如今已被那些豪华、时尚、奢侈所替代。当日的那份情趣、朴素的桌椅、简单的碗碟、冒着热气的笼屉，如今是永远地消失了。怅惘中，依稀记得的还是那梦一般的此景、此情。

2019 年 4 月 17 日，于昌平北七家。

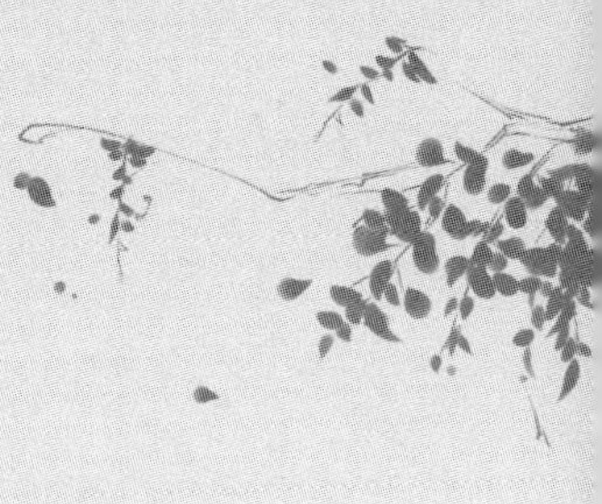

登临六记

南岳会仙桥记

进南岳庙时，僧舍外倾盆大雨。任凭庙外乱雨如瀑，我们依然平静地在那里吃素斋。斋饭无甚特色，似是下味过重，有失素菜清淡本色。加上上菜已久，有些凉了，故平平，不敢加誉。近年出行，似从未遇见庙宇的斋食给人留下深刻印象者，素斋的衰落是一个明显的事实。记得当年有一个消息说，诗人郭沫若访厦门南普陀寺，进斋饭，曾给席上的一款汤菜命名“半月沉江”，一时传为佳话。现如今，饮食行业中此种文人韵味早已烟消云散了。倒是半个世纪前的一个夏天，在南京鸡鸣寺吃过的一碗素面，那素净醇香至今不忘。

菜凉是有原因的，因为南岳区的主人要在下班之后赶来山上作陪。遇雨，山路难行，菜端了上来而主人未到，大家都只能等着。需要感谢的倒是主人的盛情，他们都是忙人，却要放下手中的工作来陪我们这些闲人。今天座上作陪的有区委书记、区长，以及区委组织部长、宣传部长和文物考古局长等，大家以茶代酒，频频举杯，用的是出家人的规矩，倒也别有情趣。

因为雨大，主人临时改变了原先安排我们留宿山中的计划，今晚我们将在南岳镇上过夜。为了争取时间，我们决定还是冒雨上山。离大庙，行四公里，抵忠烈祠。秋风萧瑟，秋雨缠绵，我们撑着雨伞拜谒了当年衡宝会战殉难的英烈。这里有坟十三座，其中一座埋着国民党六十师牺牲的官兵忠骨一千八百余具。

“忠烈祠”三字为蒋中正所题，至今保存良好。我诧异，这题字究竟凭了何等法力，能够逃脱那些历史的风雨而成为幸存者！

衡山是可以走车的，饭后我们的面包车继续前行。行约十分钟，抵玄都观，观俗称半山亭，想必是离衡山绝顶已近半程也。此时雨霁，有微阳出云间，众大悦，谓有吉兆。主人言，前不久某要人曾访衡山，也是雨过天晴，后来果然官居极品云。主人又戏言曰：你们中谁人日后若是发了迹，可别忘了告诉我们！

到了南天门，则是一派艳阳风景了。我们都收了各自的雨伞，尽情享受着南国雨后晶莹的碧绿。回想午间祝圣寺檐间急浪狂沙般的雨意，真有隔世之感。自南天门至祝融峰绝顶，雨后晴空万里，繁花绿树，艳阳满眼，是我们南岳之行最惬意的一段旅程。抵祝融峰已是日斜时节，游人稀了，四山静寂，空旷而清幽，我们逢上了旅游最难遇的绝佳时刻。祝融峰是衡山七十二峰的最高峰，海拔约一千三百米，相传是古祝融氏葬处。我们在祝融殿旁的悬岩上，迎着清风斜阳，笑语连连，留影甚多。眼看太阳要下山了，我们方才恋恋不舍地告别衡山绝顶。

从祝融峰下来，众人上车，应该是结束此日衡山之游的时刻了，我们要返至南岳镇过夜。车子开动不久，至一处停下。同行的衡阳晚报社老总雷安青先生显然游兴犹浓，他向我们建议，会仙桥离此不远，何不顺路一访？这一建议从者不多，对于多数同行者来说，一天紧张的、急匆匆的行程，此时已是倦极思静的时分了。但依然有勇者愿行。在雷安青的带领下，我们一行五人离开公路，沿山间小道蜿蜒而下。路旁野草山花乱眼，有山泉鸣唱相随，似是在鼓励我们这些热情的客人。

行约数百米，迎面一峰，屹立千仞，峰外无山，放眼望去，只是茫茫无边的云涛。此时四围静极，所有的游人均已散去，只有我们急行的脚步声，在敲打着深山的清寂。斜阳无语，青松无语，白云无语，我们的心一时也就肃穆起来。行千步，始抵峰前，有巨大的岩壁题字，曰："昔人会仙处。"这背后大概有着某一种动人的历史故事，手头没有材料，故也不便乱猜。从题字处往前，过斜坡小径，通往对面，这小径类桥，也许就是会仙桥。桥对面，只见有一独立的峰峦迎面耸视，壮极高雅，大约即是会仙处了。

我们到达那里的时候，被眼前的情景怔住了。只见一抹斜阳中，高天云潮下，万山寂静，草木噤声，那峰前倚立着一对少女。少女衣着素淡，裙袖凌风，却是一种来自碧霄的超凡的风情。她们无言，只是静听无边的天籁。我们的到来带来了尘世的喧嚣，四围的静穆于是被打破。经交谈，那位稍大的少女叫钟辉，1982年生，是当年的应届毕业生。她昨日已收到中国财经大学中文系的录取通知书，开学在即，就要北上报到了。她是来向居住山上的女友告别的。

因为是文学同行，雷安青热情地向钟辉介绍了我们。少女说，北大是她的第一选择，但是成绩不够，进不了北大。她表示到了北京一定要去拜访燕园，那是她日夜思念的地方。至于北大的人，她说自己知道的不多，只知道余杰和孔庆东——钟辉显然为自己有限的所知而有点不好意思，但她紧接着说，我会好好学习的。

被感动的是我们，为这美丽而单纯的少女，为这衡山之游的最后的、也是最瑰丽的一笔！我有许多旅行的经验，自然风景当然是要看的，但我更怡悦于风景中的人。这次衡山之游，因有会仙桥上的这一番遭遇，而显得是格外的美丽。我们回到了车上，向那些等待我们的同伴介绍了会仙桥上“会仙”的奇遇，他们显然十分羡慕我们。

今日同游会仙桥的共五人：衡阳的雷安青、长沙的钟友循、南岳的尹朝晖、北京的徐伟峰和谢冕。

2001 年 8 月 24 日记于衡阳南岳镇银苑宾馆，2002 年 4 月 6 日完稿于北京畅春园。

大风雨登黄山莲花峰

一朵云也看不见，一棵松也看不见，一片石也看不见。山上山下是混沌的一片。这是我第三次登黄山的全部印象。

我们从灵谷寺乘缆车抵白鹅岭的时候，但见山上到处贴满了布告，说是黄山已经一个多月没有下过雨，目前是火警发生的高危时期。布告警告游客杜绝一切火源。可就是这一天，就是我们来到黄山看到了火灾警告的这一天，黄山大雨。

我出来有一段时间了，我已倦旅。从北京到成都，再从成都到芜湖，参加了几个会议，作了几次讲话，会议虽有安排，主人虽有挽留，想起手头没有做完的事，心绪甚是不宁。黄山我是不想去了，我希望能买到一张回北京的机票。会议安排者作了努力，结果是没有买到。我无法可想，只好决心和大家一起登山。朋友们安慰我说：“这是黄山多情留你。”我想也是，都来到黄山脚下了，何不乘兴一游？都说是，谁谁谁百岁十登黄山，我与之相比，应该是年轻多了，人家都能做到，我为何就做不到？想及此，顿时也兴奋了起来。

天说变就变，谁料到才到白鹅岭，一开始是稀疏地下了点雨，顷刻间，雨点愈下愈密，竟像是黄豆般地打在脸上。我有几次登黄山的经验，以为绝对要轻装。登山会淌大汗，衣服也是干了湿，湿了干，用不着多带。结果我与众人有别，十月底的天气，依然是单衣短袖，一袭夏装。这下雨下得紧了，风一吹身上骤寒。原先不想穿雨衣的我，不得不在山上以高于山下数倍的价格买了一件披上。我自我解嘲：“黄山留我，是要我给久旱的它带来一阵喜雨。”事情就这么巧。若是我顺利地飞回了北京，对我个人来说是失去了一次难忘的大风雨登山的经历，而对黄山来说，它的损失更大，也许它依旧紧张地持续着令人心焦的旱情——因为没有人能造出这一场大风雨来。

雨大，也罢了。雨是夹着风的，风一来，人就站不住。黄山是有很多让人心颤的险仄之处的，因为是在雨中，什么也看不见，也就无所谓胆战心惊的形容了。其实风更可怕，在那些壁立千仞的山道转弯处，在那些万丈深渊的悬崖绝壁上，风就那么一吹，人若稍有闪失，后果不堪言说！这一切并没有难住我们。我们都艰难而又快乐地走过来了。

该死的是那件用高价买来的雨衣，它不仅没能为我遮蔽风雨，反而成了我的累赘。风夹带着雨水，从我的领子口上往里灌，手机、照相机、一些害怕浇淋的物件，一切都照淋不误。更糟糕的是，它反过来影响了我的行动，那里外都是水的雨衣，它粘着你的胸和背，纠缠着你的腿，使你在风雨中无法迈步。我愤怒了，把那件破雨衣从身上扯了下来，宁可让身体暴露在风雨中，让雨水痛快地从头到脚往下浇。这倒应了我原先的想法：在黄山毕竟不能多穿衣。

因为根本看不到所有的一切，什么云海，什么奇松，什么怪石，什么始信峰的秀丽，什么鲫鱼背的惊险，一切的花和树，一切的云和石，一切都只是雨雾中的迷蒙和苍茫！这番游黄山，可算是创了纪录——我们什么都没有看到，除了不见尽头的雨水。因为看不到一切，风雨中我们走得很快。汗水，雨水，真的是干了湿，湿了再干，对于我们来说，此时的疾走没有别的目的，目的就是赶路。同伴们的行走速度参差不一，现在都已星散。我们是走在前面的几人，我们发了狠，既然黄山如此款待我们，我们干脆就拿出威风来给它看——我们的目标是攀登莲花峰绝顶。

莲花峰是黄山三大高峰之一，平日登临尚须极力奋斗，何况今日这满山满谷的飞流急湍，劈头盖脑的狂风暴雨？几次上莲花峰从没有这般漫长的感觉，盘山道无尽地弯曲，走不到头。而且有风，从前面，从身后，从不知的什么方向，推搡着我们，摇晃着我们，他们想动摇我们的决心和毅力。而我们只是前行，再无退路。大约用了一个小时，我们终于登上了莲花绝顶——当然，这里仍然是空蒙的一片。我们看到了两个人，是在峰顶上设点营业的摄影师，尽管没有游人，即使有了游人也无法拍摄，这他们知道。但他们坚持着，两人相拥，用雨布遮盖着摄影机，而他们的身上则是一样地雨水横流。这就是我们在莲花峰顶看到的唯一的风景。

大风雨中我们急行。经飞来石，登光明顶——这是黄山第一高峰。光明顶下来，一线天，百步云梯，抵玉屏楼。此际山路渐趋平缓，我们在玉屏楼的台阶上会聚，相互庆贺。这毕竟是平生难遇的一种大风雨登黄山的特殊经历。

孙文光是我旧日的北大同窗。此番盛情邀我参加芜湖盛会，会后又亲自陪我游览。在孙君，已是七登黄山了，这次伉俪结伴为陪我冒着风雨再一次登临，状极感人。归后又有诗记此盛事。诗曰："翩翩小谢负诗名，唾玉风生四座倾。履险更惊腰腿健，莲花峰上踏云行。"同登莲花峰的，还有上海的聂世美君，他是近代文学的专家，也有七言古诗《大雨登黄山莲花峰》一首见示。聂君诗中对我的赞誉当之有愧，他写了我“短袖单衣冲风雨”的情景，他感慨说：“此情此景知难必，快意翻从偶然得。振袂还复下山来，始觉险绝起股栗。股栗心战只此回，人生感悟响轻雷。岁月长河原平缓，一登黄山显奇瑰！”

真是，这样的经历不可重复，也许一生只有一回。

2002 年 10 月 17 日，中国近代文学学会第十一届年会暨安徽近代文学研讨会组织会议代表登黄山，是日大雨。2003 年 4 月 5 日作于北京大学畅春园寓所。

登梵净山记

梵净山在贵州境内，海拔二千五百多米，比黄山还高出七百多米，是云贵高原境内第一山。梵净山和别处不一样，它以“步”来做地名的标识所以就出现“三千二百步食宿店”之类的名字。梵净山所谓的“步”，指的是它的石阶。从山下往上走，每登一个台阶为一“步”，平地前行，不论多远，也就是一“步”。山势崎岖，登山途中难免也有下行的时候，那么，下行不论多远，都不算“步”。登梵净山绝顶，总数是七千八百九十六步。这是准确的数字。就是说，单程上山有大约为七千九百步的石阶要走，加上返程的，那就是要步行大约一万六千步。都以为下山容易上山难，其实，下山的难度绝不比上山小。很清楚，当人的精力发挥到了极限，极限以外的一切，都是一种超支。这时不说一步，就是半步，也都有登天之难！大凡有登山经验的人，都清楚这一点。

梵净山没有受到太多的“开发”，这是它的幸运。所以，这里保持了极好的植被。整座山都被原始森林覆盖着，是一座青翠的、绿涛起伏的森林之海。那天我们登山的时候，雨一直下着。身上的汗水和外面的雨水，湿成了一片。我尽力地保护着手机和相机，其余的一切都置之度外了。我一个人始终走在最前面，这是我登山的习惯，人多了互相受牵扯，还要说话，还要停歇，而这一切都要付出体力，最终影响登山的成败。每次登山，我都谢绝乘坐滑竿。一般也不坐缆车，除非是集体行动。现在旅游景点修缆车成风，不高的山，也修。每次遇此，我心都不悦。我为这人为的对自然景观的破坏而痛心。现在的人很轻浮，什么都想速成！

我就这样一个人在雨中走着。过了三千二百步，再过三千六百步，行至四千五百步，方才有了一个真正的地名：回春坪。此时天已昏暗，这里距离极顶还有大约一半的路程，不能再往前走了。回春坪是我们今天要住下来过夜的地方。我到达回春坪的时候，同游的大部分人还没有上来。雨下得极大，屋檐滴水如瀑，我就在屋檐下，以雨水冲浴。没有毛巾，没有香皂，就把身上的衬衣脱下来当毛巾用。人们还没到，我就钻进了被窝。因为我已无衣物可穿，随身的衣服都用来做“毛巾”了。

回春坪的此夜，大雨倾盆。宿舍的门几次都被风吹开，雨水发疯似的往屋里灌，这一夜仿佛是在惊涛骇浪中度过。到了天明时分，雨还是没有停歇的意思，我们是冒雨继续上路的。我依然走在最前面。有两位年轻一些的朋友，大概是为了照顾我，与我同行。过了镇国寺，低头赶路的我们竟然茫无所知，在逼近梵净山极顶的双叉路口，我们走错了路。我们径奔通往蘑菇石的一条路。

此时山风极烈也极悍，它充满了恶意，竟像是下了决心要把包括我们在内的一切摧毁，并推到天外去。这里是高山草甸地貌，周围没有一块岩石，没有一棵大树，甚至连灌木也没有。一条崎岖的小道，沿着一条陡峭的山脊通往绝顶。我们无所依托，也无所遮拦，完全裸露在暴风骤雨之中。风雨像是发疯似的向我们扑来。我们无法站立，只能匍匐着往上爬行。风势实在太猛了，爬行也不行，风力之大也可能把爬行的人像推动一根树枝那样，把人推下山。这时，才感到人在自然界面前的渺小。我是下定了决心要登上梵净山的极顶的，我狠下一颗心，把身子倒过来，干脆坐在地上，倒着身子，低伏着头，一步一步地倒行着往上挪动。

这通往蘑菇石绝顶的山脊，它的两边也许是悬崖峭壁，也许是万丈深渊，幸亏有了这么大的雨雾，它把一切的可能让人失魂落魄的景象全遮蔽了。周围是灰黑灰黑的云天，我感到此刻我绝对是孤立无援的，我只能依靠自己微小的力量，抗争着来自大自然的无边的狂暴。为了前行，我只能在这一片疯狂的迷茫中，曲身坐在地上，艰难地往风雨中的山巅挪动——这就是我此时此刻的状极狼狈的“攀登”！我的两位同伴是尽责的，他们一人在前，一人在后，护卫着我。下山的时候也是这样，他们一前一后，拉着我的手，三人全都弯着腰，低着头，用拼凑起来的力量，抵御着凶狠的高山风。

非常遗憾，我们拼死抵达的并不是梵净山的金顶。这只是蘑菇石，这里有著名的“万卷书”景点，但这里不是我们要攀登的目的地。我们走错了路。我们白担了这份危殆了。站在蘑菇石的绝顶，风是一阵紧似一阵的狂烈，雨点斜着扑向我们，也是一阵紧似一阵的暴戾。这山顶太危险了，我们不敢久留，赶紧下撤。

到了梵净山不登金顶可就太冤了。特别是在这样的暴风雨中，我们已经经历了这么多的“苦难”，所谓的“行百步，半九十”，我们能这样半途而废吗？这是不言而喻的，也是不可更改的。顺着原路往回走，从镇国寺的另一个方向向金顶冲刺！这就是此时此刻我们的选择。我们仍然寻找着通往金顶的路，我们绕过了一座冲天而起的危峰，它矗立在九霄云上，是真正的壁立万仞。因为是毫无遮拦的一座孤峰，山峰的周遭全用铁链围住了，人就手抓住铁链小心地走。但即使这样，那猛烈的风也还是让人胆战心惊。我亲眼看到一位当地的妇女，在铁栏边上她的背篓被风吹起，如一面迎风的旗。那情景真让人惊心动魄！我们未曾却步，还是小心翼翼地绕过那铁链封锁的、危立天际的孤峰。

绕了这山峰大约一圈，终于逼近金顶。前面已无路可走。迎面又是一柱陡峭的巨石，有一道长五十余米的人工凿就的笔直的石阶，石阶的外面安装了用以攀登的铁梯！这是通往金顶的唯一的路。就是说，此时所有决心登顶的人，都必须在这样的急风暴雨中，一人的头顶着另一人的脚跟，垂直地攀援这座铁梯。须知这是怎样的攀援啊？一百八十度的垂直，八级以上的巨风，劈头盖脑的大雨。充满了登顶激情的我们，都在这样严峻的局面面前停住了脚步！

梵净山绝顶就在咫尺之遥的上方，等待着我们的到来。我们已经历了那么多的“生死考验”，真的就差那么几步了，但是就这么几步，却令我们望而生畏！这样在极险峻的陡直的石岩上凿出的阶梯路，即使在平时也令人丧胆，何况是现在这样的风雨交加。此刻三人对望，不约而同地说出了最不愿说出的话：“不上了。”这在我，是平生第一次作出这样“懦怯”的决定。对于我这样历来秉信前进哲学的人，这的确是极为严重的，也是极为遗憾的“退却”。

到了梵净山，我用整整两天的时间抵达金顶，却在仅差几步的关键时刻停下了脚步，为此我留下了终生的遗憾。由此我也领悟到：不是所有的时刻都应当前进，而是要在非常关键的时刻选择——尽管你可能极不情愿——后退。这是否就是这场梵净山的大风雨给予我的启示？我把这样的启示电告我远在英国的年轻朋友，她正在为一场没完没了的笔墨官司苦恼，我告诉她：后退并不一定就是失败，有时也是胜利。

2003 年 12 月 31 日，于北京昌平北七家村。

登泰山二记

中天门的槐花

中天门的槐花在等我，等我到来时它盛开。

这是五月中旬，立夏已过了十多天，节气正进入小满。在山下，在平原大地，槐花已开过多时了。五月末是花事阑珊的季节。在我居住的燕园，早在三月，还是春寒料峭的天气，花就怯生生地开了。最早是山桃，它带着不驯的山野习性，似乎有点迫不及待。它开的时候，外面还不时飞舞着雪花。那花就经常这样被淹没在冰雪里，人们几乎辨认不出哪是花，哪是雪。只有有心人才知道这花的勇敢。山桃而后是迎春，迎春而后是连翘。到了五月，一年的花事就匆匆忙忙地开了个遍。到了荼蘼开花的时候，真的是“开到荼蘼花事了”了。所以，我感激中天门的槐花，它一直在等我。

而我却是姗姗来迟，让槐花久等了。早在年前，我就与山东的友人相约，待到今年的五一长假过后，游人的潮水退了，我们就登山。登泰山是我的夙愿。这愿望藏在心里已久，可以说从青年时代开始，数十年未曾稍忘。在我的心中，泰山是非常神圣的。泰山是中国文化的象征，那里留下了许多先人的足迹、诗篇、题刻，还有传诵千古的佳话。对于我来说，登泰山就是来向中国文化致敬，也就是朝圣。我早就下了决心，我要像信徒那样虔诚，从山下一步一步地走到山上。

怀着这样的愿望，从青年时代到中年，再到过了中年已是人生秋景的今日，我静待这个庄严时刻的到来。这一等至少就是半个世纪。中天门的槐花，就这样一年又一年地开了又谢、谢了又开地等着我的到来。今年很不平常，新年第一天就开始远行，从昆明到红河河谷，再从个旧北上丽江，来到玉龙雪山底下。春节刚过，再一度到济南。从三月末到四月末，我一个人从北京出发，福州、广州、梧州，从梧州经广州飞郑州抵鹤壁。我与温州有约，鹤壁的活动一结束，又急匆匆从郑州转道上海飞温州。而后，由温州而台州，而宁波。最后再从宁波返回温州。将近一个月的时间，十余次途经或停留诸多城市，应付着各不相同的任务和场面，承受着体力乃至情感上的双重考验。这一切，似都在为参拜岱顶作准备。

中天门的槐花在向我招手，我不再迟疑。今年第二次来到了济南，从济南出发，一路车行匆匆，当晚歇岱庙。次日早起，一瓶水，一架相机，两三位比我年轻的朋友相伴，我们就这样向着泰山进发了。一天门是一个起点，像一个使徒，我步履沉稳，心境端庄肃穆，一步步向着我的目标。过“虫二”，望风月无边。访经石峪，看泉漱经典的辉煌。回马岭，步天桥，满目晴翠，古碑凌云，苍松蔽日，中天门到了！登山近半，已见疲乏，中天门一带地势平缓，恰是舒缓身心的好时机。此地俗称“快活三里”，是紧张之后的放松，大约有三里路程可以悠闲地走。这一段路，是迎接十八盘的艰难，向着玉皇顶最后冲刺之前的心境和体力的大调整。张弛有道，缓急有节，这就是泰山的神启。

那槐花充满了灵性，它感到了有远客来临，顷刻间开放了繁密的花团。那花团如流云，如涌泉，把中天门上上下下所有的悬崖峡谷全给充填了。这种充填更确切地说，像是一种突如其来的占领。仿佛是一种电击，更像是一个无声的命令下的“军事行动”。是那样的迅疾，又是那样的出其不意。我从来没有见过这么壮观的、从含苞到全盛的花的开放。仿佛是一个召唤下的瞬间的集结。日正中天，蝉鸣远近，佳树清荫，游人倦午。此时槐香悄悄袭来，向着人的鬓发，向着人的罗衫，是一种清雅，更是一种高贵。那花香，清清浅浅，浓浓淡淡，似聚还散，似有还无，如轻雾，亦如流云。真的是，牡丹不及它高雅，茉莉不及它热烈，艳丽的海棠又没有它沁人心灵的醇香。

我礼赞中天门的槐花，我更感激中天门的槐花。我礼赞它不加修饰的美丽，我感激它长久而深沉的眷恋。我要向槐花挥手告别了，我要带着它的动人的牵萦和怀想，我要怀着我的热诚和爱意，向着岱宗的极顶攀登。我要在十八盘陡峭的石阶上洒下我真纯的汗水，我要在南天门上向我远方亲密的朋友送去我心中的红玫瑰。

2004 年 5 月 18 日登岱顶，6 月 6 日写于北京昌平北七家村。

槐花约

友人从济南捎话说，中天门的槐花开了。友人记得我与槐花有个约定。十年前的此时，广袤的华北平原吹着暖风，时节已是仲夏，平原已是一片葱绿，槐花花事已过。那日清晨，相约几位朋友，步行登泰山，过斗母宫，过壶天阁，过回马岭，望不尽的奇峰峻岭，竟是一派令人惊叹的“青未了”！约行两小时，一曲艰难的盘山道走过，迎面而来的是一片开阔地，中天门到了！令人惊喜的是，在平原已过了季节的槐花，在中天门竟是以漫山遍野的灿烂迎接我：花若有待。我知道，槐花隐忍着推迟她的花期，她在等我的到来。

平原上的槐花我见过，在我的燕园，那里的槐花也很有名，未名湖山间的夹道旁，朗润园的湖滨山崖，春深时节也是满世界的芬芳。但那些花景是散落各处的，这里一丛，那里一丛，总在隐约仿佛之间。而中天门这里不同，却是集聚性地、无保留地、竭尽心力地绽放，不是绽放，简直就是喷发！那情景，那气势，一如充盈在齐鲁大地无所不在的侠气与柔情，令人内心感到温暖。极目望去，眼前涌动着一片花海，白花花的竟是让人心惊的明亮。在道旁，在岭崖，在云岚氤氲的山谷，到处都是她飘洒的璎珞。浅浅淡淡的绿中泛着明媚耀眼的白，在明亮的阳光下闪着宝石的光芒。

多情的让人心疼的中天门槐花！为了迎接我的到来，她用那浓郁的、甜蜜的香气蒸熏着我，是蜜一般的甜，是果一般的香，是让人心醉的缱绻与缠绵。那年是我第一次登泰山，是我集聚了数十年的圆梦之举。我不是旅行者，也不是香客，我是一个朝圣者。我知道那山山势奇陡，数十里的山道，七千多级的台阶，还有那让人惊心动魄的十八盘。但我决心一步一步地从山下拾级而上，直逼岱顶。如使徒之神往伯利恒，如穆斯林之朝觐麦加，如玄奘之取经佛国，泰山就是我心中的圣地。我朝拜圣地，我坚持要用一步一步的攀登来表示我的虔诚，我要用一步步的跋涉来丈量它的伟大。

我知道它是天下众山之首，我知道它奇兀、险峭、壮美，但在我的心中，它不单是一座风景山，更是一座文化山。风景优美的山，并不罕见，而文化积蕴深厚的山，则名世者稀。武当有道，普陀有佛，武夷有儒，但泰岳却是集大成者。登泰山就是向中华文明的朝圣之举，就是用自己的身体来阅读一部浩瀚的华夏文明史。整个的中华文脉气韵都荟萃在它的山岚之间，那些历代帝王留下的封诰碑石，那些摩崖上的诗文墨迹，多少的先贤汗水和墨香播洒在泰山的盘山古道上。

我来北地数十载，所居的城市距离泰山并

不远。我有诸多机会可以向它礼敬，因为景仰，所以肃穆，我总是惮于贸然登临。登泰山是我生命的一个节日，我要在最庄严的日子，以最虔诚的心情，怀着最深沉的敬意，用我最郑重的方式表达我的敬意。这一说就是至少一个甲子的等待。我与泰山约定如金石，践约选择的就是那一年，那一月，那一日，那一刻。当日同行者四人，他们都是我的山东朋友：历复东、王路、侯成斌、毛树贤。感人的是毛老师，他当时已体力不支，为了陪我，强行至中天门。力竭，众人劝止，改乘索道至南天门迎我。毛老师于翌年病逝。

中天门似是久待后的欣喜，它以满山满谷的槐花云、槐花雪、槐花风、槐花雨，来回应我与它的心灵之约。当日我初学手机短信，在花荫之下向远方的友人送去芬芳的槐花的祝福。那次登临之后，我开始寻求再次登山的机缘。五年后重登泰山，陪同者易人，是诗人蓝野和尤克力，他们年轻，却也未免气喘。这是我的第二次朝圣。那是四月，山中微寒，花时尚早。从那时起，我暗下决心，相约以十年为期，重践我的槐花之梦。

这就到了此年、此月、此日、此刻。朋友记得我的心愿，他们生恐我误了花期，提醒我：中天门的槐花开了。我如听天音召唤，摈弃手边俗务，跃身而往。是日，朝发永定门，高铁如流光，午前直抵泰安。主客于“御座”杯酒言欢，相忆十年旧事，我曾为泰安一中百年校庆题字：“一百年的青春”。我心有所萦，不敢恋杯，瞬即离座，款步登山。较之十年前，我身边多了几位陪同者，孟繁华和吴丽艳决心执弟子礼，一路自北京随侍左右，繁华是要陪我的。十年前陪我四人中的王路和侯成斌欣然随行，加上胡长青及其朋友，约六七人，均乃儒雅时贤，一路言谈甚欢。

午后二时抵中天门，但见满谷槐花汇成了溢满岱宗的香雪海。自二〇〇四年五月十八日首次登临，阅槐花盛事于中天门，至今已逾十载。今日是二〇一三年五月十九日，相差一日，我如约前来，但见花事如海，依然真情如梦。十年旧约，两不相忘。都言花能解语，我言花有信、有情、有爱。中天门的槐花，齐鲁大地的情义之花。我将此种感受发至远方，回信说："永远的槐花之约，你开了，我就来了！"为了表达我对槐花的感激，也许可以改一种表述：永远的槐花之约，我来了，你就开了！

2013 年 5 月 19 日，于济南舜耕山庄。

平生最爱是西湖

——谨以此文庆贺《西湖》创刊五十年

天下湖山多胜景，平生最爱是西湖。我不讳言我对杭州西湖的这种热爱之情。要是我仅仅在杭州的朋友面前这么讲，我就难脱“逢迎”的嫌疑；我是在所有的朋友面前都这么讲的，我不隐瞒我的“偏心”。当然，这样说也许并不公平，南北西东，好去处多的是，凭什么单单会是西湖？例如桂林，阳朔画境，漓江帆影，难道就低了？不见得。再如我的家乡福建，武夷九曲，鼓浪琴韵，难道就低了？不见得。所以，也许，但愿，这只是我个人的偏爱！

世间万象，美是多向性的，美是复杂而非单一。人们的审美活动，角度也好，标准也好，都因人而异，也不会是单一的，更不会是统一的。所以人人心中都有他的美和爱，都有他的最美和最爱，此乃常理。想到这里，我心释然。至于西湖究竟怎么个好法，为什么成了我的最爱？这提问要回答起来，可就难了。

杭州西湖的美，它的可爱之处，千百年来，前人的笔下运用了多少清漪的、浓郁的、华丽的、淡远的、如歌如泣又如幻如梦的文字！再说，有白居易和苏轼这两位“前市长”的诗在前，又有袁宏道和张岱这两位风流名士的文在后，对于西湖的美，我又怎敢置一词！但既然西湖是我的最爱，我要是就此缄言，我又如何对得起它！我想，表达心中独有的“爱意”，应当是不论年代、辈分，也不论文笔优劣、妍媸的人们的权力吧？想到这里，于是又释然！

山水是处处都有的。但杭州优长之处是，它的水光山色是相融的，是互为映衬而相得益彰的。远山如簪花青黛，近水如明目秋波。湖水摇漾，轻抚着岸边的山，山边的树，树边的花和草，它们那浓浓的、深深的、浅浅的、淡淡的绿，一直铺向水天之中，竟连成一片无边的绿。在西湖的岸边行走，仿佛是行走在画中，每一步都是迷人的风景。行走在西湖，就是在享受着一场丰富的感官盛宴。

西湖的景色是无处不在的，也是无时不在的。不是一时，不是一地，也不是一季，而是一年到头的四季。西湖仿佛是一部永远都在播放的、永不间断的风景片。春天的西湖是用鹅黄嫩绿的柳枝，用姹紫嫣红含苞的、盛开的桃花装裹的。年年的春风送暖时节，整个的苏堤、白堤、杨公堤都被这些绿云红霞熏蒸得灿烂辉煌起来！

夏天到了，西湖有点热了。不要紧，无边的莲叶铺天盖地，其间装点着浅浅淡淡的荷花。西湖用晚风、用晨雾把那绿茵茵、粉扑扑的夏季的清凉驱来为你消暑。或是清晨，或是黄昏，从平湖秋月到花港观鱼，西湖的空气里都充盈这种清荷的芬香。西湖的空间全都被绿荫遮蔽着，那十里荷香就这样把所有的空隙都填得满满当当的。

西湖的秋天也是芬芳的季节，那香气是从平时默默守护在路边、山崖的桂树林中悠悠地荡出来的。那些平日低调的桂花树，此刻用积蓄了一年的功力，到底把一座杭州城温柔而甜蜜地“占领”了。你要是到满觉陇走走，那遮天蔽日的桂花雨，劈头盖脑地会把你“浇”晕！秋天是杭州最惬意的季节。不热不冷，清清爽爽，一路行来，看白云悠悠地飘过保俶塔的尖顶，身前身后，若有若无的桂香慰藉着你，此刻的人们，即使有旷世的忧愁也会抛到九霄云外的。

西湖的冬雪柔和得让人想起情人。它无声地飘落，在你的脸颊边，在你的嘴唇上，轻轻地抚摩着、浸润着你。杭州西湖的雪不是北方那种寒冽和凌厉的雪，西湖的雪是温馨而甜蜜的。断桥是看雪的最佳所在，此刻你若站在断桥岸边，看那纷纷扬扬的雪花静静地飞舞、飘落，你定会身心两忘。雪中的西湖，水天空阔，望不尽的静穆清冽。它让人想起一岁的劳顿，真该静下心来沉思那无尽的忧乐，或者干脆约上二三好友，找一个僻静的去处，浅斟低酌，静享这无边的清逸。

写到这里，猛地一想，我应就此打住。我发现上面这些话，可能是在做无谓的重复。这些话当然不会是抄袭，也许更像是模仿，最有可能的却是重复，而且，极可能是拙劣的重复！面对前人和古人的才情，我是有些沮丧了：西湖原本就是不可言说的。我这是“手痒”到了不揣浅陋的地步，文人的积习，改也难。即使如此，我仍要坚持我的表达的权利——究竟为什么西湖会成了我的“最爱”？

答案应当是，是西湖对应了或者突显了我的审美情趣，这是一种心灵期待——当然，这种期待仅仅属于本人而与他人无涉。我走过许多地方，形成了自以为是的认知，由此引发并形成了自以为是的标准。我以为，天下山水，有以自然风光胜的，有以人文景观胜的，其优者则是二者兼而有之的。前者如九寨沟，以不加雕饰的自然风光胜；后者如泰山，以记载了历时数千年的人文景观胜；不论前者还是后者，它们的胜处都是不可企及的。

也有二者兼胜的，如敦煌，既有大漠黄沙的壮阔，又有洞窟雕塑的辉煌，这种自然与人文的契合也是让人惊叹的。但比较起来，自然和人文结合得最完美，甚至可以不夸张地说是天衣无缝的，还数杭州西湖。西湖的自然美，是天然，又不止于天然。它的美，也是经历了千年不间断的积累、保护和开掘而成就的。最让人着迷的是，西湖的自然资源的丰富和人文资源的深厚结成了一个完美的整体。西湖处处有景，处处的景中有人，有事，有历史，有境界，更有情怀。这一点，是别处、别景所难以比拟，更难以超越的。

在西湖，我最流连忘返，而且百看不厌的是断桥。断桥的佳处不在它那“断桥不断”的命名，而是它无可言说的美感。设想若是春日的拂晓或是夏天的晌午，你行走在断桥弧形的拱背上，望那无边的春花秋月，无端地想起了那岸边曾经停泊的船，那船篷上滴滴答答的雨点，想起那美丽的油纸伞，那伞底发生的让人千古叹息的爱恨情仇。此时你所面对的湖山，岂不增添了更多的风韵和意趣！

也许此际你漫步在孤山脚下，孤山的枫叶如火，篱菊吐芳。此时从遥遥的西泠印社那边的一面画窗之下，溢出来缕缕幽幽的墨香。你再看那红的枫叶，洁白或浅黄的菊花，想起那窗里飘来的墨香，也许是从俞樾，也许是从吴昌硕或沙孟海笔底涌出的，你于是内心充满了喜悦。你因而更增添了你的游兴，也许你竟信步跨进了那位梅妻鹤子的隐者的庭院……

在西湖看景，往往看出了景中的人。不仅看出了人，而且领略了人的那份境界、情操和胸襟。西湖就是这样有看不尽的风景，又有读不尽的人。那湖岸竖立着秋瑾坚定而秀丽的雕像，西湖把最美的草坪，用来怀念这位在秋风秋雨中洒血的女侠。从她的身边往前走，前面到了灵隐，那里埋葬着岳飞。多情的杭州人怀念这位不仅会打仗也会写诗的英雄，连同忠义的古槐和战马也一同祭祀，而让那四个奸贼跪了千年。西湖的山水就这样充盈着忠刚悲烈之气。

然而西湖却是柔美的，西湖沿岸，灯火楼台，钗光鬓影，舞裙歌扇，那里传扬着历代让人神往的动人传说。那些才貌出众的女子，在西湖的青山绿水之间演出了无数可歌可泣的故事。前面就是西泠桥了，苏小小的香车宝马悠悠驶过柳荫，飘下了一路幽幽的香风……几千年来，她的美艳与才情，吸引了多少男人倾慕的目光！杭州的居民没有忘了这位多才、多艺又多情的女子，他们在西泠桥边为她修起了一座优美的亭子。

这就是我心目中的西湖，不仅它的美是多向性的，而且它的情也是丰富而宽广的。它纪念英雄，它也怀想美人，它高雅，它也平易，西湖是兼容的。它的胸怀犹如这里的青山绿水、春花秋月，为我们展示着四时不竭的美景，也展示着悠悠千载的高雅情怀。哦！让人情牵梦绕的、侠骨柔肠的西湖，我永远的最爱！

2009 年 2 月 28 日，于北京燕园。

寻找一种感觉

——福建长泰漂流记

这个夏季福建多雨，阴雨连绵已近月余。我们到达之后的五六天中，天空仍是阴云密布。雨依然时紧时疏、丝丝缕缕地飘个不停。这个季节的雨雾，仿佛是望不到边的忧愁，给我们的旅途凭空地增添了几许伤感。来到长泰，住进了漂流宾馆。得知这里的马洋溪橡皮筏漂流远近闻名，心有所动。这无边的阴雨更改不了我的冲动。我向接待我们的主人表达了我的愿望，主人显然有些踌躇。这是我们在长泰的最后一天。我要是就此离开，而与天下闻名的长泰漂流失之交臂，对于我来说，那是太遗憾了。这是我这番千里故乡之行的隐秘心愿，我必须在这里完了这心愿。

记得上一次漂流，是在四年之前，当年我已七十岁。那是衡阳辖内，叫作长宁西江的一个山溪中。那里水面较宽，两只皮筏艇捆绑在一起，一艇可坐四人至六人，由前后两名水手引领。皮艇从十余米的高处抛掷而下，让人丧魂落魄。虽有翻船的可能，大体却是有惊无险。而长泰漂流用的却是半圆形的皮筏，仅容二人乘坐。这说明这里的河道更窄，弯曲更多，它不可能容纳更多的人乘坐。半圆的船身是为了旋转更灵活，可以任其颠簸、打旋甚至翻滚。主人经过研究还是接受了我的要求，他们做了精心的准备。最重要的措施就是给我安排了一个有经验的船工。

马洋溪源于长泰境内陈巷镇，自虎头山一路弯弯曲曲地跳荡而下。流经山重、后枋、十里诸村，全长三十余公里，于龙海蓬莱汇入九龙江入海。主河道天然落差二百二十二米。自鸣珂陂至亭下村，在不及十公里的水域中，计六十多道弯，七十多个落水区，可谓人间奇险。马洋溪从远山深壑奔流而下，夹岸巉岩，层石叠嶂，急流数十公里。河道流经长泰名镇岩溪，岩溪顾名思义，便知与一条布满岩石的湍流有关。岩溪溯流而上，是枋洋，便是著名的百丈岩瀑布，山溪的急流从那百丈的高处一路抛洒下来，历经顽石堆垒、又多起伏又多弯曲的险滩。溪上悬岩夹峙，如偃、如伏、如跃、如抛、如剑戟冲天，又如巨兽伺伏。幽木参天，榛莽遍野，时而天开一线，时而浪淹石滩。最奇崛的是，马洋溪汹涌着的水流无所遮拦地从两岸的夹缝中，乱涌而出，惊涛蔽空，乱雨纵横，目不能张。

我们就这样任由浪涌皮筏，上下冲宕于激浪险滩中。身边的浪花，天上的雨水，浑身湿透，筏中水满，我们就这样任由惊涛骇浪蹂躏着、摧残着，魂飞魄散而又始终惊喜着。天是依然飘着雨。久雨不晴的山溪，水流暴涨，增加了漂流的难度。我一身短打，系紧救生衣，却是谢绝了安全头盔。陪同我的船工是部队转业的小伙子，他的沉着坚定给我以信心。

恶劣的气候挡住了所有的游客，这日的马

洋溪，数十里的河道上，只有我们这三只橡皮筏在漂流。雨还是在下。天色是阴沉的，乌云在头上集结，似乎在酝酿着一场暴雨。这并不能动摇我们的决心，我们翻滚着、跳荡着，有时则是弃艇在急流中相互搀扶着蹒跚而进。就这样，我们穿越了马洋溪最刁钻古怪的一段，毕竟来到了漂流的终点。我们的主人心中一块石头落了地，他们带了摄影师在岸上迎接我们，为我们留下了最开心的、胜利的一瞥。主人告诉我，在长泰漂流的游人中，我是第二个最年长的。

漂流是时下青年人锻炼和嬉游的一种方式，它的好处是能够磨炼人的意志，并在考验人的心理和体魄中得到一种历险之后的快乐。他们青春年少，他们要的就是那种挑战极限的刺激。而在我，我需要对我的生命可能性，以这样的方式进行试探和检验。这样的阴雨连绵，这样的山洪暴涨，这样的从数十米的高度一次又一次地抛掷和旋转、颠簸和翻滚，这样的任由天上的和溪中的水劈头盖脑的联合攻击，在生理上和心理上该有怎样的承受力？我需要事实上的回答。

皮筏艇几次被水灌满，小伙子几次把它停靠并翻转在岩石上，把水倒净，然后继续我们的漂流。有几次，旧有的航道被水淹没，我们不得不停下来奋力推船，另觅出路，而后他箭也似的跃身一跳，复又置身于急流中。我的伙伴有几次警告说可能要翻船，可是几次都化险为夷。这全靠他的智慧、机敏和勇敢。在雨中，在风浪中，在极端的惊险中，只有此时，才能感受到一种平时未能拥有的快乐。

长泰漂流的老总连文成是性情中人，他的兴奋甚至超过了我。他亲自骑着摩托车在泥泞的山道上迎我，迎接我的还有《福建文学》主编黄文山，他们为我的平安返回而真诚地祝贺。今日与我同时漂流的，还有沈爱妹和夏立书，他们分乘另外两只皮筏，他们的年龄大约只及我的一半。连文成先生是成功的企业家，他的业绩远近闻名。他在企业管理中有一句名言叫作："有能力就会有幸福，幸福就是一种感觉。"

这番长泰漂流对于我，其实很简单，就是寻找一种感觉。

回到北京，正是高考时节，福建全省暴雨。报载：建瓯考生因雨延考。又有报道说，闽西暴雨成灾，国务院总理亲临慰问。闽西的水，闽北的水，一起流向了闽南，流向了晋江和九龙江，流向了长泰的马洋溪。想起来，我真有点后怕。

2006 年 7 月 14 日，于北京昌平北七家村。

远亲近邻

花重锦官城

——记刘福春就聘四川大学文学院

刘福春去了四川大学，我们见面的机会就少了。他在社科院文学所上班的时候，我们见面是寻常事。最经常的是他来我这里取诗歌有关的材料，我的收集，朋友的惠赠，包括家藏的珍本，油印本、手稿、手抄本，照片及其他与诗有关的文献，他都喜欢。数十年如一日，有约或不约，来了就动手翻检、捆扎，乐此不疲。早先交通不便，彼此间来往多半是自行车。福春爱书心切，不问冬夏，无关风雨，一辆自行车乘兴而来，满载而归。浑身湿透，扬手而去，这是他让人感动的经典瞬间。除了搬书，我们也谈学术，诗歌创作动态，诗人轶事。他善谈，幽默，人称“快乐王子”。他还借此机会帮我处理复杂的电脑事务。数十年交往，遂成莫逆之交。自他去了川大，这种快乐的聚会就少了，挚友远离，有点落寞。昌平这边少了他的身影，我生活中的快乐也少了许多。我戏言，人称“乐不思蜀”，你可好，你是“乐不离蜀”。他笑笑。

我和福春的友谊始于《诗探索》。20世纪80年代《诗探索》创刊，我任主编，却是个“光杆司令”。从创刊开始，刘福春就是编辑，说编辑好听些，其实就是“诗歌义工”，没有办公室，没有资金，当然这些编辑也没有报酬。从社科院到北大，贯穿一个北京城，来回都是“交通自理”——自行车。数十年如一日，为诗歌服务，他乐在其中。当然，充当这种“义工”的，还有新近去世的刘士杰，以及前后的《诗探索》同仁，包括主编在内，都是无偿劳动的。

刘福春的编制在社科院文学所，他的专业是现代文学。早年写诗的他，逐渐养成了收集诗集的爱好，由收集而研究，他终于成就了新诗的版本专家，而且形成了极具个人特色的新诗版本学理论。福春收藏极丰，在国内外享有盛誉。他居室紧窄，几乎所有的空间都被日益增多的诗集“霸占”，阳台上下，卧床周边，包括餐桌、过道，都塞满了诗集和文件，几无容身之地。夫人徐丽松，全力支持他的事业，成了最亲密的合作者和最无私的助手。小徐不仅贡献了本就不宽敞的居室（生活的舒适），而且贡献了全部的心力。其情景极为动人，我感动之余，称她为“伟大的女性”。

由于经年不懈的努力，业界开始注意刘福春的独特成就，而且公认刘福春的史料权威的地位。但在很长的时间里，刘福春的工作没有得到承认。有一种成见是，他对史料的研究缺乏学术性。刘福春的职称评定、学术评估、培养研究生以及评奖等等，都没有得到恰如其分的认定。他的著作的署名经常被“等”淹没，他不平，曾给自己起了个笔名：竹寺。

事情的转机是在面临退休的时刻。与他经常合作的李怡主事川大文学院，盛情邀请他“移师”四川大学。刘福春为李怡的挚情所动，决心告别定居数十年的北京，举家西迁。几十吨、若干车皮的藏书，通过空运和陆运浩浩荡荡地抵达成都。李怡为这位久被“埋没”的学者提供了非常优越的条件，住房、工作室、书库和教学、经费，更重要的是充分调动了他的积蕴深远的学术实力。刘福春开始空前的忙碌，研究，整理，讲课，带学生，参加学术会议。他开始了令人艳羡的学术的“第二春”。

这一切，都是由于李怡对他的为人和学术的尊重和体认。可以说，要是没有李怡的远见卓识，以及非凡的魄力和坚定的行动，刘福春辉煌的学术生涯可能是另一番景象。“生不用封万户侯，但愿一识韩荆州。”在四川大学的礼聘仪式上，我引用了李白《与韩荆州书》中的这句话，以表示对刘福春的祝贺，也是对李怡的赞赏。在我的心目中，李怡就是当代的韩荆州。李怡比刘福春年轻，论辈分应是后学，但是他有深远的学术视野，他是令人尊重的“韩荆州”。

那一年，杜甫在成都写了一首《春夜喜雨》。有句曰“晓看红湿处，花重锦官城”，这个

“重”两读，不论何音，都与雨中之花有关。李怡引刘福春到了成都，这城市的学术顿时生动起来，锦官城里的花也开得更加茂盛喜人了。

2019年9月13日，是日己亥中秋，于北京大学。

岂止水仙，更有腊梅

冯友兰先生居住燕南园的时候，女儿宗璞夫妇陪侍。素琰与宗璞有文字之交，每年春节前，她总会给冯先生府上送去她亲自培育的水仙花。此是惯例，延续多年，宗璞也是欢喜。素琰送花，我有时也随同探望。有一次宗璞兴致甚高，说冯府有松三株，堂号三松堂。当日松荫下玉簪盛开，我说，若松是家树，玉簪则是家花，众人喜乐！冯友兰先生仙逝后，宗璞移居别宅，花事于是不继。但是每年冬天总有好心的朋友没忘了寄送家乡的水仙花来。寄来的水仙，有的是原始的球茎，有的则是雕刻后的花苞。这样，我家始终如一的年宵花，就是水仙。我是福建人，素琰也来自长江边，从大处讲，我们都是来自江南。我们爱花，尤其爱水仙。

家乡福建，地处亚热带，气候温湿，终年少见冰雪。闽南厦门、泉州一带，更是四季如春。福州还好，我年幼时过冬只靠一件羊毛衫御寒。有时偶见雪花如飞絮飘舞，幼年的我等，欢喜若狂。一阵欢呼声中，大家齐奔院外，或撑伞，或以衣裳，兜住那零星的雪花，使之滚成小珠，把玩良久而不释手。此乃南国冬日少有的欢愉。古人云，幼时不识月，呼作白玉盘，我辈则是把罕见的雪花当成了稀世珠宝！

在家乡，冬日也有零度上下的寒冷时分，玩雪是罕有的快乐。围着火炉御寒则是日常风景。每当此时，屋外雪花纷扬，案上一盘鲜红的橘子（福州方言，橘音吉，是民间普遍认同的吉祥物），室内则是水仙花静静伫立一旁，发着幽香。想起家乡年景，总脱不了可爱而美丽的水仙。水仙是解语花，她终岁不声不响，只是在沉默中酝酿她的花苞。在百花盛开的季节，看不到她的身影。她只在冬寒时节，当众花开过、繁华散尽，她才悄然出现。她知道冬日萧索，百卉凋零，她是仙女下凡，生来专为慰藉人间之寂寥的。

所谓伊人，在水一方。水仙，水中仙子！不知是谁如此多才，居然给此花以如此多情的名字！水仙的确没有辜负人们对她的厚爱，她远离污垢，只需一勺清水，她卓然自立，冰清玉洁。简洁而端庄的花瓣，不疏不密，排列成一朵朵让人喜欢的笑靥，宁静而淡远。这花开在挺立的花茎的顶端，花心金黄，花瓣洁白如玉。而衬托她的，则是碧绿发亮形同河滨的菖蒲的叶片，从那里吐出早春时节带着水雾的清香！

因为生在南方，长在南方，北上求学前我没有经历过、也不识冬日的严寒，不知北风的刺骨之痛，更不知戈壁冰峰的凄厉。年幼时学习作文，有一次我别出心裁，“为赋新词强说愁”，居然写了一篇文字：我爱冬天。后来真的到了北方，知道冬天并不如想象中的那么“可爱”。但说实话，冬天的严酷最能勉励人的意志。南方温柔，却也易使人耽于安乐。北方的寒冽最能磨人筋骨，促人坚定。北方的冬天漫长，人的生命处于漫长的期待与忍受之中，向往逆向而立的境界，这就是冬天的“可爱”之处。

善解人意的水仙就是这样出现了，出现在众芳退后的寂静、出现在人们的渴望之中。她是温柔、她是爱意、她是苦厄中的暖心之物。令人欣慰的是，水仙并不孤单，她有她的“密友”陪伴，这密友，就是同样不畏风寒、同样以她的爱心在寒冷中抚慰人心灵的腊梅。旧时在福州老家，乡间木屋背倚一座梅花山，每当冬深时节，梅花迎寒吐蕾，甚是迷人。梅是凌寒仙子，品格与水仙同，她们情同姐妹，同样在严寒萧瑟的时节出现。

梅种类繁多，此中极品是腊梅。腊梅生性矜持，不多见，却是我的最爱。那年在家乡母校遇见一位画家，他深知我之所爱，画了一幅腊梅送我，此画珍藏至今。壬寅凶狠，流年索居避祸，劫后重聚，一友人从远方携来一束腊梅见赠，令我欣喜莫名。腊梅开在寒冻时节，色泽暗黄，似是染了一层浅浅的腊，端庄典雅，静若处子。这束来自秀美兰溪的腊梅，伫立案头，唤我幽思，贻我温情，伴我度过灾难过后的感伤。她同样静静地伫立我的案头，成了水仙的亲密伴侣。她们深情地抚慰我。水仙欣悦迎人，而腊梅显得低调，她色彩潜暗，不显眼。开着花，却是半闭半张，睡眼惺忪，只是幽幽地吐着暗香，惹人怜爱。腊梅寒瘦，冷艳，枝干斑驳如铁，温容中显着坚定与沉着，疏影横斜，冷月清风，有着深藏不露的高贵与典雅。先前在我居住的城市，有人画梅有“专攻”，求者盈门。其画不论梅的品类，满目皆是“繁花似锦”。满纸的富贵相，彻骨的媚俗，深恶之！

古称，松竹梅岁寒三友，遥想冯友兰先生的雅舍，三松“家树”可在，玉簪“家花”可在？先生远行久矣，宗璞也是阔别多年，思念深深。唯有水仙和腊梅慰我寂寥。多年前我在闽南某校短期任教，曾为文曰：“花的使命是创造春天。”友人不忘旧谊，去岁曾以此为名为我祝福。花的使命是创造春天，我们在春天里面对似锦的繁花，感谢百花的多情。而在冬天的严寒中，更感激亲爱的水仙和腊梅，为我们驱走周遭的寒意。

前些年我写过一篇文章，是关于一位诗人的。我用的题目是她笔下的花的意象：岂止橡树，更有三角梅。我喜欢这种叠加趋进的句式，敝帚自珍，这次来了个“自我抄袭”：岂止水仙，更有腊梅！

2023 年 3 月 6 日，此日癸卯惊蛰。

难忘一袭残荷香

——我与汪曾祺先生的一段往事

去年重访扬州，专程去了一趟高邮，为的是晋谒新建立的汪曾祺纪念馆。先前我去过老馆，那时老馆初建，陈设比较简单。现在的新馆雄丽明洁，与汪先生在创作界的地位相当匹配。非常荣幸的是，展品中有我写给汪先生的一封信，信不长：

汪先生：

"梨花"已由蔡仲德先生亲送至我处。你事情那么忙，还惦记此事，着实让人感动，多谢了。

我近来在编几个大的选本，先生的小说当然极受重视，还有散文，其中《金岳霖先生》《跑警报》《葡萄月令》以及写草木和虫鱼的，都是极好的。先生的散文有一种文字之外的神韵，这在别人是做不到的。别人只注意表面上的技巧，而技巧之外的，他们完全无能为力。在你的写作中，小说、散文堪称双璧，散文的成就完全可与小说媲美。

施先生处，请代我和素琰向她请安。

敬颂

春祺！

谢冕上（19）96.4.12

这次访问临了，馆长盛意请我留言。笔墨是现成的，我信手写下“难忘一袭残荷香”七个字。行色匆匆，来不及向馆方解释。“难忘”什么？为何是“残荷”？不加解释，旁人难以理解。可惜行色匆匆，没有机会了。我有点后悔。记得那年，我与素琰与先生伉俪偕游辽沈，临别我曾索画于先生，蒙不弃，应之。随后，陈学勇在我处做访问学者，意欲拜见汪先生。我说，我可以从中促成，正好见面时代我请先生为我作画。后来陈学勇未成行，取画的事也搁置。

过了些时，恰值盛夏溽暑。汪先生突然想起赠画旧事。画是先生亲自封寄的：一幅黑白风雨残荷。题画用李白诗句：“郎今欲渡缘何事，如此风波不可行！”我立即体会到长者赠画深意，他是在劝我临事慎行，不可匆忙促急！我为此感激在心。因此才有如今在纪念馆的题辞。汪先生远去了，亦师亦友，情重如天！他留给我的荷香永在。

此文开头，说的是有一年，林建法办《当代文学评论》，邀请我和素琰，以及汪先生伉俪同游沈阳。我们在营口会见了王充闾，一路饮酒论文，言谈甚欢。于是有了上面引述的那封短信，至于信中所提“梨花”，我忘了所指，也可能是一篇文字，或是一本书。汪先生留存这封短笺，我猜想他是认可了我对他的散文的评价。汪先生抗战时就学于西南联大，师从沈从文先生，学得了一手生花妙笔。他的同窗好友朱德熙先生是我的业师，所以我始终奉汪曾祺先生为学长兼老师的关系。我和汪先生同属北京作协，是“同事”，会议上常见，但并无深交，也无深谈，而内心对他是十分敬重的。那次东北同游，更促进了我对他的亲近感。

我们的友谊一直延续到下一代。王干与我是朋友，他定下“规矩”，每年冬天，务必要请我们一聚。主要是享受他家乡的淮扬名菜，即使是疫情肆虐期间也不例外。因为有了王干的介绍，我结识了汪朗夫妇。多次王干招宴，不论是北京的淮阳府，还是别处，汪朗夫妇一般都在场，我与汪朗于是也成为朋友。汪朗真的不愧是汪曾祺先生的哲嗣，不仅形貌、癖性与汪先生极像，酒量也好，而且也擅美食。汪朗对于汪曾祺的美食思想，有更多的阐释与发挥，我们相聚于是有了更多的话题。

我和汪朗最近一次见面，是去年冬天。也是王干再一次邀宴。这次不吃淮扬菜，王干告我，这次吃“祺菜”，定了一家“祺菜馆”。“祺菜”？我知道粤菜、川菜、闽菜还有淮扬菜，却不知何为“祺菜”，有点纳闷。那天车子接我们来到苏州街左近的一所幽静的院落，游廊曲径，古朴典雅，匾额上书写着“祺菜馆”三个大字。周围陈设着汪先生的许多著作。迎接我们的是王干和汪朗夫妇。汪朗介绍说，这是他和朋友合办的、以汪曾祺命名的一所菜馆。今天是为接待朋友而设的饭局。

我们入座，坐定。陆续上菜，饮美酒，品佳肴，举座尽欢。他们介绍说，祺菜是新近研究定型的，以汪先生家乡的淮扬菜为基础，先生平日的嗜好、口味，包括先生为接待友人亲自操作的菜品，融合而成为一个“新菜系”。除了煮干丝、狮子头、红烧软段等等，我们欣喜地品尝了传说中的汪先生创意的“名菜”，诸如，肉塞油条、炝黄瓜皮等等。祺菜的创意果然不凡，印象极深的是席前的头道汤，一片鹅肝，淡淡的红，漂在清汤之上，清澈见底，了无别物，却是漂着一缕茉莉花香。汪朗对这道菜做了详细的介绍。我们一边欣赏美食，一边谈论美文，忆旧，怀想，情意深深！

汪朗告知，在高邮，在淮安，他们计划逐步展开这些业务，为的是使人们在欣赏汪先生美文的同时，也能欣赏和发扬汪先生的美食文化和美学精神。北京的“祺菜馆”，建立在北京海淀苏州街，是原先礼王府的府邸。此地人杰地灵，风景佳好，汪先生泉下有知，一定会为之展颜。

美酒佳肴，亲朋欢聚，忆往事，叙旧情，谈诗论文，我想，我的这篇短文，应该有别于当今漫天飞舞的促销广告吧！文至此，情已深，不复言。

2024 年 1 月 20 日，于北京昌平北七家。

红楼旧地逢故人

灰娃和张仃先生在北京石景山的家我到过。每次到访，总有牛汉和屠岸，可能还有刘福春和徐丽松。此前石景山聚会的最后一次，张仃先生静静地斜躺在他的长椅上，听着我们的闲话。电子烟在暗处一闪一闪的，香气氤氲，情景非常温馨。后来，后来他不见了，我读到灰娃无限怀念的绵绵诗篇。诗人和画家在山里的家，绿荫笼罩，是一只他们称之为的大鸟笼子，他们在那里享受着人生最后的爱情。时间过去了好多年，当年聚会的人们已经星散。现在，只有我和灰娃在深深地怀念那逝去的日子，和那些年月我们结下的友情。

这次聚会，是冷冰川和他的妻子热心安排的。他们通过高秀芹，联系了我，还有树才和汪家明。冷冰川夫妇很有孝心，他们用汽车和轮椅硬是把灰娃从她的大鸟笼子里“搬”过来。聚会的地点是老北大红楼附近的和嘉公主府，一个夹缝里建立的华丽楼房。主人将它取名“红楼草堂”，名字有点生僻，大概受了成都杜甫草堂的启发吧。有陈列厅，有会议室，也有高端的餐厅。主人张亚莉，是个干练的女性，她陪同我们参观了其中的展出。厅堂四周悬挂着当代名家的字画，张仃先生的篆书长幅尤为抢眼。

从我们聚会的落地窗向外眺望，正前方一座灰楼，介绍说，那时李大钊他们曾在此研究和发布《共产党宣言》以及其他左翼书报，现在已被列为纪念地。落地窗的左前方是一座辉煌的宫殿，告知，那即是当年的和嘉公主府邸，即老北大的一个校舍兼办公楼。感谢冷冰川和张亚莉的精心安排，我们终于回到了古老的母校。这里是红楼旧地，我和灰娃，还有年轻的秀芹，则是北大随后的学生，算是“旧人”了。我们今天在此的聚会，很有历史感，也很有现场感，值得为此记上一笔。

20 世纪 50 年代，国运初立，硝烟渐散，进入短暂的和平建设时期。为了响应建设国家的号召，那一年，我从东南海滨脱下军装，高考进入北大，灰娃则是从宝塔山下延河边，告别了她的延安，也来到北大。我是一个现役士兵，灰娃是老延安，我是中文系，灰娃是俄语系。在校园，我们来不及认识，但我知道俄语系有个名叫理召的女生。而且我的一位好友，也是灰娃的好友。我们的深厚友谊有“历史”的渊源，也有现实的机缘。

在当年的燕园，绿树荫下行走着一位翩翩女子，她来自延安，是当日称为的“老革命”。但灰娃一点儿也不老，正是青春曼妙的好时辰。灰娃看不惯当日遍地不分男女一色穿着的“蓝蚂蚁”，有意挑战时潮，她身穿一袭白色连衣裙，半高跟的凉鞋，婀娜多姿，行动自如。其行止颇引起周围的非议。那时号召“兴无灭资”，灰娃自然成为众矢之的。批判，斗争，口号，连连不绝。他们指名道姓，不留情面：你不仅是资产阶级，你还是“大贵族”！那时，“资产阶级”已是坏名声，“贵族”也不例外，何况是“大贵族”？灰娃天塌地陷，世界全变了！她怀念她的延安，她向领导报告，她要回延安去，不上学了。

灰娃到延安时是十二岁，老同志们看这女孩好玩，昵称“灰娃”。整风前的延安是进步青年向往的圣地，延河边聚集了全中国优秀儿女，他们带来了文明和进步，民主、自由、平等、博爱，各种各样的艺术和哲学思潮，在灰娃眼里，延安是永远的理想和憧憬。她怀念当年的延安。灰娃在新时代感到失望和不安。她得了忧郁症，她不得不退学进疗养院。她濒临死亡。她要焚稿断念。正是此时，奇迹发生了，诗歌让她“向死而生”（王鲁湘语）。随后，我在灰娃的《山鬼故家》中与她重逢。

我重逢了燕园树荫下的灰娃，也重逢了当年延河边的灰娃，以及近来和张仃先生在山中共筑爱巢的灰娃，还有，如今向着百岁进军的英姿飒爽的灰娃！从垂髫的小女娃到如今白发如雪的老神仙，灰娃把她当年付之一炬的残篇断简续写成一部神奇的大书。我和灰娃就这样神奇地在北大旧院重逢了。她记忆清晰，声音清脆，开口就给了我们一个惊喜，她顺口而出：光明照耀在古罗马城墙，自由之神在放声歌唱！这是天籁，这是来自遥远年代的召唤！故人与我们说古，说张仃，说杜矢甲，说塞克，说他们无拘无束的思想和艺术！思绪如绵，缓缓流动，流出了艾青，也流出了张闻天，都是“开元天宝”年间的“闲话”！

夜深，酒酣，诗人要回山了。我向冷冰川索要初版的《山鬼故家》，也索要近时出版的《灰娃诗全编》，他答应了。画家多情，回赠我一幅他的巨幅版画《张爱玲》。我准备把《张爱玲》和张仃先生送我的大斗方“松火夜煎茶”，一起供奉在我畅春园住宅的客厅和卧室，那是我的镇宅之宝！

2024 年 7 月 31 日，于北京昌平北七家。

一曲康桥便成永远

我参加过许许多多的诗歌朗诵会，每一次朗诵会必有李白的《将进酒》。与气势磅礴的“君不见，黄河之水天上来，奔流到海不复回”同台出现的，往往会是徐志摩《再别康桥》婉约温柔的“轻轻地我走了，正如我轻轻地来；我轻轻地招手，作别西天的云彩”。一首千年名篇与一首现代名篇互为掩映，构成一道令人难忘的美丽风景，诉说着古国伟大的诗歌传统。感谢徐志摩，感谢他为中国新诗赢得了殊荣。举世闻名的英国的剑桥，被他译为“康桥”。一别康桥，再别康桥，便这样地叫起来了。从此，剑桥是剑桥，到了他这里，便是习惯的、不再改动的“康桥”！这位诗人是命名大家，除了康桥，还有著名的“翡冷翠”，也是他美丽的创造。就这样，作为经典的《再别康桥》，便成了一般不会缺席的、朗诵会上的“传统节目”。

能与中国的诗仙李白千载呼应，这足以使写作新诗的人羡慕一生。大家都知道，新诗因为它先天的缺陷一般不宜于朗诵。能成为朗诵会上的传统节目的，往往有它的特殊之处。徐志摩是新诗诞生之后锐意改革的先锋。他在白话自由诗中竭力维护并重建诗的音乐性，他的诗中保留了浓郁的韵律之美。重叠，复沓，回旋，委婉：“我是在梦中，她的温存，我的迷醉；我是在梦中，甜美是梦里的光辉”，“但我不能放歌，悄悄是别离的笙箫；夏虫也为我沉默，沉默是今晚的康桥”。这足可说明，徐志摩的诗能在千年之后与诗仙“同台演出”，并非无因！

经典的形成绝非偶然。经典是在众多的平庸中因维护诗歌品质的脱颖而出者。许多新诗人不明白这一点，他们往往忘了这一点，他们成了白话甚至滥用口语的痴迷者。他们忘却的是诗歌最本质的音乐美、韵律美、节奏美，他们的诗很难进入大众欣赏的会场。当然，他们也无缘与李白等古典诗人在诗歌的天空相聚。

我认识并理解徐志摩有一个复杂的过程。在盛行文学和诗歌阶级性的年代，徐志摩被判定为资产阶级的甚至是反动的，他的诗是“反面教员”。记得那时，文艺理论老师讲文学的阶级性，举的就是徐志摩的《残诗》《我不知道风——》等例子。那时时兴的是断章摘句，无须也不引导读文本。风向早已定了，他怎么“不知”？他鼓吹并向往的不是“东风”，而是“西风”，他是可疑的！无辜的他，就这样和许多天才的、杰出的诗人消失于当年的诗歌史。时代在进步。人们开始用公平客观的艺术眼光审视作家和作品。人们为所有真诚的艺术创造者恢复了名誉，徐志摩是其中一位。

在我的诗歌研究中，我终于能够判定，他是一位富于创造性的、为中国新诗的创立和变革作出了杰出贡献的先驱者。中国新诗一百年，能列名于前十名甚至前五名的有他，他成了新诗历史的一道丰碑，无论怎么书写，他总是诗歌史绕不过去的名字！我对徐志摩充满了敬意，我为当年曾经对他的鲁莽深深内疚。

那年北京一家出版社约我写《徐志摩传》，我准备不足，不敢答应。但是心有余憾，我总觉得应当为徐志摩做些什么。后来另一家出版社要出一套名家名作欣赏，徐志摩列名其中，邀稿于我，我接受了。我熟悉他的作品，我约了许多朋友共襄盛举。我不仅喜欢他的诗，喜欢他的“浓得化不开”的散文，我喜欢他的所有的作品，包括他的情书——《爱眉小扎》全选！赏读《爱眉小扎》的人，我选定了与徐志摩性情相近的同窗好友孙绍振！

我总找机会去看看徐志摩生前走过、生活过的场所。有一年到他的家乡海宁观潮，我特地拜访了海宁城里他家的小洋楼。小楼寂静安详，诗人此刻远游未归，也许是在霞飞路边的某家咖啡馆，也许是流连于康桥的那一树垂柳。在当年贫穷的中国，徐家客厅的地砖是从德国进口的，可见他的家道殷实，出身富贵。又有一年，朋友们取道鲁中去为他的遇难处立碑留念，牛汉先生去了，我因事未去。但我的内心总是念着、想着，想着他自由的灵魂、惊人的才华、浪漫的一生以及美丽的恋爱。

我多次拜访康桥，康桥小镇的面包房和咖啡店也是我的最爱。第一次是虹影陪我去的，后来几次，都是自己前往。桥边纪念他的诗碑是后来立的，我在边上留影了。悄悄地他是去了，他不曾带走一片云彩！悄悄地他是去了，他带走的是我们无边的思念！志摩生前有许多朋友，志摩身后人们怀念他。他为我们留下了美丽的诗篇，还有美丽的人生和动人的爱情故事。志摩不朽，志摩永存。这永存，这永念，如今都化成了永远的“康桥”，也许还有永远的“翡冷翠”！

2022 年 10 月 10 日，于北京昌平北七家。

我欠剑桥一杯咖啡

剑桥真的是太可爱了。每次到了伦敦，我首先想到的不是“大笨钟”，也不是大英博物馆，而是剑桥。清幽的小镇，宁静的街道，路旁垂柳，书香琴韵，那是勾人心魂的地方。何况还有被徐志摩“命名”的康河蜿蜒流过。剑桥有徐志摩留下的诗句，就在康河的岸边，依依垂柳之下。碑上镌刻着诗人深情的诗句：“轻轻的我走了，正如我轻轻的来；我挥一挥衣袖，不带走一片云彩。”多情的诗人在那里留下了终生的爱意。更何况，剑桥的三一学院与我的中学母校（Trinity College of Foochow）还有着“亲情”的渊源——剑桥对于我是格外的亲近，我到剑桥仿佛是“走亲戚”！但是，想到这，我便有不安：我欠剑桥一杯咖啡！

是的，我欠剑桥教授一杯咖啡。四十多年了，他没有讨我要，但我始终记着。我一定要找机会回敬他。那一年我应邀到伦敦大学参加一个国际会议。那时，弥漫中国的一场空前的劫难已告式微，中国开始了与世界对话，频繁的文化交流活动次第展开。为了促进对外交流，大家都怀着忐忑之心首次走出国门。这走出国门的第一步在现在已是十分便捷，可以“举步就走”，当年却是“举步维艰”：申请，政审，批文，签证。一大套繁琐而陌生的手续！特别是政审那一关最严重，要学校主管签字才放行。临行了，着装，办证，急切间还得准备论文。

一切准备妥当了，却是“身无分文”！当年虽然身边有点积存，但人民币到国外不能用，要“申请外汇”才行。我满怀希望地带着批件到中国银行办理。工作人员看了文件，批给我二十五美元。我问为何是这个数。答曰：这是普通居民的外汇额度。外加一句：“教授没有级别，什么都不是！”“什么都不是”很伤我的自尊。我就这样带着这可怜的二十五美元启程了。

后来我从侧面了解到，当年与我同时出国访问的有徐怀中，还有我的同学陈丹晨。他们的外汇额度与我不同，一位是部级一百美元，另一位是局级五十美元。

依稀记得那次到了奥地利，在维也纳，中国大使馆的欢迎晚宴，我和我同时到访的北大同事没有被邀请。一位美国友人看不下去，她自掏腰包请我们吃了一顿奥地利大餐。她以此表示她的同情，这暖心的宴请曾给我们以安慰。我在奥地利因为有好友燕珊和李夏德的亲切照应，经济上没有遇到太多困难。宝贵的二十五美元基本没动。事情发生自后来去了伦敦大学，也是一个会议，讨论会会间茶歇，一位英国教授很有礼貌地邀请我喝咖啡。我接受了邀请。因为是初次认识，我的英语又不行，不及多谈。但他的邀请给了我极大的温馨，我感谢他的盛情。我向他道谢，但是很遗憾，匆忙间我来不及留下他的姓名。

我知道英国是有礼貌的绅士的国家，我没有机会回应他一杯咖啡。——说来有点不好意思，我囊中羞涩，我的钱包里只有可怜的二十五美元！可怜的二十五美元，也许连买一杯咖啡都不够。我又如何向我的朋友表达我的尴尬和窘迫？朋友请你，你没有回请，这在国际交往中是失礼的，尤其是在学界，尤其是在彬彬有礼的英国。我为不能回敬一杯咖啡而长久地内疚！事情可能经过了将近半个世纪。四十多年来我想起这事，就难以掩饰我的羞愧，也难以抹去我内心的不安。

四十多年后的今天，中国已告别了贫穷。相对而言，中国的今天已相当富有。二十五美元的时代的屈辱过去了，一杯咖啡请不起的遗憾的时代也过去了。然而，想起来就心痛：我欠我的朋友一杯咖啡！在维也纳，也许是在伦敦，我要回请我的朋友一杯咖啡！回首往事，我耿耿于心的，就是要内责我无意的失礼，我要借此表达我的歉意！

几次朋友聚会，谈起这些年我与海外学者的交往，我总会提起我的这种遗憾。更为遗憾的是，我竟然不知该向谁表达我的歉意。我找不到当年请我咖啡的那位朋友。我要寻找我为之表达歉意的那个人，那个当年请我喝咖啡的那个人！我欠他一杯咖啡！我为此向人们寻求帮助。难得贺绍俊同情我的遭遇，他伸出了援助之手，他理解我的苦衷。我向他提供了相关的线索：与我年龄相近，英国人，学者，教授，会中文，个子很高，汉学家——贺绍俊不负“重托”，他很快就给了我答案，并且“自荐”今后要当我的“助手”：

> 麦大维（Prof David McMullen），1939年出生，教授，著名唐史研究专家，英国剑桥大学亚非学院东亚研究所所长，中国研究中心主任。

感谢贺绍俊，他为我找到了麦大维教授。应该就是他了。

亲爱的麦大维先生，你好吗？感谢你四十年前请我的那杯咖啡。四十多年过去了，中国和英国，还有我们日夜牵挂的欧洲大陆，都发生了和正在发生着许多变化，而你的那杯咖啡，一直还在飘荡着它的香气！中国人爱讲“绕梁三日”，说的是声音，也说的是气息。你留下的声音也好，气息也好，岂止是三日不绝？那香气是长久的、是永远的！他是雪莱，他是拜伦，他更是伟大的莎士比亚放置在我们桌前的那杯咖啡！也许他也是你熟悉的、也向往的古长安街头小酒馆里飘香的中国美酒，那酒，李白喝过，杜甫也喝过，也已飘香千年！

一杯咖啡，是来自剑桥的英国友人请我的。感谢你表达了你们博大的友情和爱心，你的温暖和爱心永在，伦敦街头的那杯咖啡永在。而我始终牵怀的，是我欠剑桥一杯咖啡！

2023 年 2 月 22 日于北京大学，此日吉祥，充满爱意，由连串的爱、爱、爱组成。

初约北海琼华岛

在与日本友人的交往中，我与岩佐昌暲的友谊最深，而又最富戏剧性。他是九州大学教授，重点研究中国现当代文学，特别是诗歌。因为“文革”期间他曾在中国待过，有过“下乡下厂劳动锻炼”等的亲身经历，因而对“文革”时期的文学、诗歌学有专攻。在我们认识之前，他就读过北大工农兵大学生“集体”创作的《理想之歌》，并与作者之一高红十有过书信来往。因为我曾参与过《理想之歌》的创作过程，岩佐先生谋求与我取得联系。

“文革”后期，门禁依然严酷。不仅国人即使是同一城市的人，想要往来，也要层层审批，居委会和小区也要严加监督，外来人等，特别是外国客人，一般都不允许在家接待。在这种情况下，我和岩佐昌暲的见面就成了问题。为了避免层层审查的繁琐，我们的见面选择了当时已经开放的北海，我们约定在北海琼华岛的白塔下见面。当然这并非电影上常见的“秘密接头”，却有点像某种“约会”——可惜我们都是成年男人，不然，这种一般只有情人约会的场所，真的有点浪漫！

那时大约是20世纪70年代初期，严冰解冻，乍暖还寒，冬天即将过去，春天还在远方。因为是在室外见面，为了御寒，我们都穿得很厚。岩佐已是“老北京”了，他怎么到的，我不知道，我好像是骑着自行车去的。“文革”未远，人人自危，我们没有“情侣”相见的那份欢悦，虽然是好友的会面，也还是如履薄冰、忐忑在心。当日谈的当然是与《理想之歌》写作有关的一些内容：工农兵大学生、“学、管、改”，上山下乡、开门办学、集体写作，等等。岩佐对这一切也是轻车熟路，很有会心，并不隔膜。

我和岩佐的第一次会面就这么奇特地定格于20世纪70年代的这一天！有这样待客的吗？

况且这客并非常客，是所谓的“外宾”！现在想起来真的为当年的“失礼”而愧疚。幸亏岩佐也并非一般的常客，他也是久处中国——记得他曾被下过厂，也曾被下过乡，曾被要求和工农兵“同吃同住同劳动”。这一切对于他岂止是处变不惊，也许竟可谓“家常便饭”了！

到了20世纪80年代，国门开放，情况有了变化。我们的交往也渐趋正常：可以在自己喜欢的任何场所会面，不需要层层报批甚而“秘密接头”了。于是有了我与岩佐在香港的愉快相聚。岩佐继续他的“文革”研究，他为这一具有历史意义的研究做着充分的准备。他在九州大学招收日本和中国的硕士和博士研究生，建立起一个由多国青年才俊构成的研究群体。这就有了嗣后我历时一个月的日本学术之旅——他邀请我访问日本。

因为是第一次访日，我为此做了认真的准备。作为见面礼，我为岩佐定制了一幅荣宝斋水印木刻，齐白石的《十里蛙声出山泉》赢得了岩佐的欢喜。我们像老朋友一般在他的家里聚会，参观了他宽敞的书房，以及同样宽敞的居室。记得岩佐说过，没用的东西要时刻处理掉，那些没有用的东西占用了昂贵的房价，是一种资金的浪费。回想也是，反顾我家，我几乎掏空可怜的积蓄购置的新房，竟是年复一年地被“无用之物”占用着，消耗着我的血汗钱！但是，朋友的精明我学不到，我还是年复一年地为那些无用之物浪费着。

那时国门初开放，中国的道路充斥着汽车。习以为常的人们不习惯“限制行动”的红绿灯，经常以能“机智地”闯红灯引以为荣，有时则无意地“嘲笑”日本人的守规矩——在日本街头，深更半夜，居民们会在空无一人的街头等待绿灯。我在这首次访日时就感到这个民族的良好习惯。在京都金阁寺的松荫下，我曾为那些园林工人在烈日下用镊子一枚一枚地捡拾松针而深深感动！我看到的不仅是敬业，也不仅是纪律，而是一种不可侵犯的自尊自重！

历时一个月，我结束了在九州大学的访问，开始了本州地区的游历。岩佐帮助我设计了精细的行程，为我事先托运了多余的行李。临别约定，在我结束京都、奈良、大阪、名古屋之后的某个时间、某个旅馆——他将从福冈专程前来为我送行。这正是我要从成田机场出发的时间。果然是这一天、这一个旅馆的这一个房间，中午十二点，门铃响了，岩佐昌暲出现在我的房门前！

我和岩佐的友谊是建立在我们共同热爱的中国诗歌研究方面的，岩佐后来被我邀请来北大做访问学者，他全身心地参与了我组织的学术活动。与此同时，他认真阅读我的著作，并且翻译我的论文。在阅读和翻译的基础上，他一手做了我的第一本日文专著《中国现代诗的步履》。此书内文分三部分：一九一九至一九四九；二十世纪五六七十年代；二十世纪八十年代以来。这是一部简约的中国新诗史，有详尽的注释和细致的索引，由福冈的中国书店出版发行。这其实是岩佐的个人著作。我建议由他个人署名，但他始终未允。书出来后的扉页是：谢冕著，岩佐昌暲编译。这就是我尊敬的严格而严肃的日本学者！

鲁迅写过藤野先生，我如今写的是岩佐先生——一位我视为亲人般的、我可亲可敬的日本友人！

2023 年 10 月 5 日，于北京昌平北七家。

留影在维也纳街头

我和燕珊站立在维也纳街头。燕珊穿着碎花的连衣裙，初夏的阳光照着她橘黄色的卷发，闪亮的金光。她是一个欧洲美女。我们的身后，隐约可见金色大厅金色的屋顶，有轨电车缓缓地驶过著名的“金指环”，远处是漫无边际的维也纳森林。这是我们曾经的约定。我们为能在她美丽的国家相见而幸福地笑着。同行的朋友为我们留下这美丽的一瞬。手持的轻便照相机，彩色的富士胶卷，这已是20世纪80年代最时新的摄影器材了。

燕珊是奥地利留学生。她50年代来北大中文系学习，当年北大留学生单住，分别住在如今静园的一院至六院之间。留学生们可以在所有的学生餐厅用餐，为了适应他们的口味，学校还有专为他们开设的西餐厅。为了加强他们的汉语水平，有中国学生被安排陪住。我的一些女同学就这样成了燕珊的室友。日子久了，我们也都认识，也都彼此成为朋友。50年代过去了，经历了“文革”，劫后余生，彼此取得了联系，于是又开始友谊和学术的来往。

中国和奥地利素来友好，燕珊和她的朋友继续做着中奥友好的事——出版和展出，促进人员的交流，等等。他们欢迎中国的改革开放，他们有声无声地做着促进彼此进步的事情。北大是他们的母校，他们是我们忠实的朋友。“文革”结束后，我访问的第一个国家就是奥地利。我第一次出国，就是应燕珊的邀请来维也纳的。在维也纳，我不仅见到了中国作家代表团的徐怀中和陈丹晨，还见到张洁和北岛——我们三人的合影弥足珍贵。

奥地利的友情让我感动。我充满好奇地感受那里的温馨和友爱。飞机落地，迎接的人群夹道送来访问指南，笑容是发自内心的。对比噩梦般的侮辱和野蛮，一时间百感从生，想起这里的高雅和礼节，想起这里一年一度的迎新音乐会，香水和鲜花，双人舞，长裙，有节奏的掌声，还有优美的舞姿。对比我们曾经的粗俗和卑琐，那些无聊的鼻尖涂着白粉的小丑的调笑，脱口而出是一句别人难以理解的话：这里的优雅羞辱了我！

燕珊像迎接亲人般地迎接我们。安排了住房，她不声不响地从家里搬来了热水瓶和茶叶。她知道中国人的习惯，喝热茶。而当年，整个欧洲的习惯是饮用凉水，那时的宾馆是不供热水的，也没有相应的设备。现在当然不同了。燕珊为迎接我们做了精心的准备，这个热水瓶和茶叶的细节，表达了她的亲人般的细致和体贴。她当然不知我是此中的一个“另类”，我和一般的来访者不同，我的宗旨是入乡随俗。到了欧洲，第一，我不带榨菜和方便面；第二，我全程饮用凉水，按照当地人的习惯。我知道那里的森林养蓄了清洁的水，那里的水是可供直接饮用的，我要尽情地享受这里的美食——烟熏三文鱼和黑啤。

燕珊很为她的国家自豪，她尽了作为主人的一切，带领我们看了百泉宫，再看这里的美景宫、莫扎特旧居、克里姆特展厅，还有圣史蒂芬大教堂。美丽的日子总是匆匆，不觉到了离别的时刻。多情的燕珊在一家豪华的餐厅为我们饯行。记得当日还有北岛。为了尊重主人，那天我打了领带，正装出席。燕姗注意到了说："你这么正式！"一别经年，我们总是彼此想念着。每年的圣诞节和新年，我都会收到她的越洋电话！我知道她爱中国，也爱北大。我总想再一次陪她重游燕园，陪她重访她度过青春岁月的静园"旧居"。

记得燕珊爱吃北京的蒜薹，此物彼方可能不产。此刻正是蒜薹上市的季节，也许这个欧洲女子染上了"中国病"，顿时有了"莼菜鲈鱼"之叹！现在快递便捷，我突发奇想，要不我让京东或者顺丰给她送去一把绿油油、脆生生的来自中国北京的蒜薹？真的是非常想念燕姗！

2023 年 10 月 8 日，于北京昌平北七家。

温馨下午茶

退一步天高地阔

幼年时，长者总是告诫我们，人生要勇往直前，不能后退。响在耳边的一句箴言就是：学如逆水行舟，不进则退。这话很励志，确实有用。当年在家乡一所教会学校读书，学校按学习成绩分班，排名次。人人都盼着上甲班，当“头名哥”（闽方言即“第一名”）。对一般学生来说，数百人中争取第一是很难的。但那时年轻，不知畏难，还是一径地“勇往向前”。就我而言，成绩不算差，但始终不能“第一”。

后来，我们接受了新的教育，我们被反复教导，唯有不顾一切地向前，才是正确的人生观。这几乎影响我们一生。在我们成长的过程中，鄙视困难，耻谈后退，几乎就是全部人生的指针。我们深信，只要有决心，而且不惜任何代价，一切都能做到。少年轻狂，不知世情之复杂，当年对此深信不疑。及至有一日，在某一场所发生一悲剧事件，死了人，这才于心中有隐约地醒悟：“一往无前”并非“颠扑不破”的道理。

我们进行思想改造的“干校”建立在一个大湖的边上，历年水患，堤坝愈垒愈高，以至于高出湖面二三十米，一旦决堤，我们无一例外地将葬身湖底。那时我们数千师生就被“安置”在这个极其危险的“湖底”实行劳动改造。高出湖面的堤坝，就是唯一的外出和逃生的通道。南方多雨，每逢雨季，堤坝上黏土如胶，且滑，步行拔脚都难，何况行车？可就是一声令下，数十位师生冒雨出发，前往某地接受“再教育”。他们举着旗，唱着歌，意气风发，义无反顾。

前面说过，泥浆地，个人行走都难，敞篷大卡车行走如坠入泥潭。卡车在堤坝上步履艰难地挣扎着，车轮打滑，卷起黄色的泥浆，寸步不前。而此时，大家心中明白，这是“考验”，只能前进，不能后退。可卡车就是不肯向前移动。无奈之中，只好从别处借来了一台拖拉机，拖拉机牵引着卡车继续上路。就这样，拖拉机在前，卡车在后，摇摇晃晃，车上载着数十名师生，也是摇摇晃晃。悲剧到底发生了，顷刻之间，拖拉机连同卡车从高高的堤坝上翻了下来，数十师生被翻扣在车中，一个老师和一个学生不幸遇难，伤者无数。这是发生在特殊岁月的一个真实的事件，某时，某地，某名校的某干校。

高调提倡前进意识的年代，临危后退的后果是可怕的。当日的领队以及任何人，都不敢下达撤退的决定，即使是面临从高坝上翻车的危境——人人头顶有比死亡更可怕的“悬剑”。这样的意识，这样的处境，对今天的后来者来说，的确是难以理解的。我曾设想，身处特殊的年代，假如当时我是领队，我也未必敢有撤退的念头。明知不可而为之，我们曾为此付出惨痛的代价！

其实，迎难而上和知难而退是并存的，前者表示毅力和力量；后者表示智慧，甚至同样表示勇气。数十年来，指导我们建立强大的人生理念的，是无视一切艰难险阻而志在必胜。而世间万象却告知我们，由于主客观世界的种种局限，在前进途中有不可逾越的因素：“可能”与“不可能”始终并存。对于身历其境的人们，此时最为紧要的不是任凭情感的支使，而是理性的决断。明知不可而冒进，其败在天！

那年登贵州梵净山，八千级台阶（当地称八千步），大雨如注，行走两天，夜宿回春坪，以屋檐雨水浴身，围炉坐至夜半。次日冒雨复行，误以蘑菇石、万卷书为金顶，大风如天边捐来的狂涛，三人相拥于万丈悬崖之上，前引后推，登顶始知歧途。于心不甘，走另道，约一小时，但见金顶如巨锥屹立风雨中，有石阶数百级盘旋而上，外无遮拦。当时风劲，有农妇下山，风吹背篓如扬旗。惊魂中，遂止步。风中雨中，历时三日而功亏一篑，遗憾至今！但愚钝如我，却终于悟得知难而退的真知。

以上说的，都是亲历。一曰知难不退，终成惨剧；二曰知难而退，悟得真知。这都成了我的人生财富。说了自己，再说一位我的学生，一个诗人，也是一个登山家，世界各大洲最高的七座山峰，以及南北两极，他都登过。他为此写了一本诗体日记：《7+2 登山日记》。这本诗集是他登山成功的纪念。但伴随他的却不是一路凯歌，他也有失败的纪录。2009 年他从北坡登山，那天他从突击营地出发，行至海拔 8750 米高度而遗憾地回撤。原因是他中途为营救一位山友而停顿数十分钟。他发现手麻木，呼吸困难。大本营建议撤退，说：山还在，明年再登。

在距离绝顶只有一百余米处，他放弃了最后的冲刺。嗣后数年，他以 2010 年南坡、2011 年北坡以及 2013 年北坡连续三次攀登珠峰的纪录，宣告了作为杰出的登山家的战绩。没有 2009 年的“失败”，也不会有后来的“三连胜”。他的实践告诉我们能退才能进的道理，不会放弃，也不会获得，不知适时地后退，同样也不会造就更大的成功。那一年，登山家一脸冻伤“失败”归来，我题写“绝顶”二字赠他，当年他虽未登绝顶，但他的知难而退却表现了绝顶的勇气和智慧。我举杯为他庆贺：你的后退是最大的前进，你写了一首最动人、也最美丽的诗!

记得漫游某地，有一座退思园，似系私宅。也许是主人宦场隐退所建。退思者，退隐之思也，深意在焉！人生多艰，进不易，退亦难。高扬奋进哲学者未必知晓，进退得失之间，表面看似退失，其利却在未来的进取。一径急奔向前，不给自己留个喘息的机会，往往适得其反。少一点骄矜，去一点狂躁，适时地停顿、休憩，从容地调整步履，在退让中反思。获得的却是正面的效果。清康熙年间安徽桐城有六尺巷的故事，主人诗曰："千里修书只为墙，让他三尺又何妨？万里长城今犹在，谁见当年秦始皇！"放弃争执，主动避让三尺，却是留下了千载美谈。这就是：退一步天高地阔，非常美丽的后退。

20-20-02-02，八个数字组成了一个千年难遇的吉祥。深愿这串吉祥数字能为我们带来光明和希望。

相聚相识总是美丽

——序高秀芹《北大人物素描》

许多人从四面八方历尽艰辛来到这所校园。我说过，我也承认，这种到访不寻常，说是就学，说是深造，说是探求真理，都不够，我说是：朝圣！我曾把这一方校区叫作“圣地”。校区是变动的，而圣地的定性不变。京师大学堂初建，当年并无一个统一的园区，各院分散各处，或借用旧日王府，或隐身胡同深处。后来有了红楼，算是有了楼房，也有了广场，然而对比当日其他院校，也还是不见辉煌。至于抗战时期，从长沙到昆明，又是蒙自，又是叙永，颠沛流离，筚路蓝缕，西南联大的校区，形似民间的草棚大学。当然，后来落脚在西郊燕园，是有一点儿气象了，然而，那毕竟是原先人家的院子啊！

我说这些话的用意是，大学之大，不在院子，而在人才，更在人才所传达的特殊的精神传统。我把这叫作：精神的魅力。一个有传统的学校，就是有精神魅力的学校。北大的让人一唱三叹、流连忘返，北大的让人梦绕魂牵、生生不离，总是有它的那种特殊之处：立校精神，学术传统，科学民主，兼容并包，等等。鲁迅说，北大是常为新的；我的一个学生说，北大有个“坏处”，那就是，来了就不想走。说这话的“他”，还有写这本书的“她”，以及此刻写这文的“我”，也都是沾了这“坏处”的“来了就不想走”的一族。这其中，总有一点别处所无的道理。

我的家乡泉州开元寺门前，有弘一法师的一副联：“此地古称佛国，满街都是圣人。”法师赞辞不容置疑，圣人者，佛家弟子也！说到北大，就不能简单引用弘一的话了。对此，我也说过，在北大，路上错肩而过的，可能就是一位大师。以北大在学界的地位而言，这话大体近实，不为过。这些路上行走的人，衣着简朴，步履从容，意态自若，像是一位貌不惊人的邻家先生。可是，一不小心，他可能就是某个学术领域的权威。这些人看起来普普通通，平平常常，却大体有个“气象”，不骄矜，颇自信，可能性格特别，平常人而已。是他们以自己的学术继承和发展了学校的精神传统。所以，我说是“人”，是人拥有的精神，决定一所大学的实力与气度，而断非楼宇的巍峨，或院落的华美。从这点看，它是“圣地”，也可能是“佛国”。

那年秀芹从外省手捧一束鲜花来到北大。数年间，未名湖边拿了博士学位，博雅塔下又评上高级职称，她在北大校园办起了文化事业，事情做得有声有色。秀芹爱北大，爱这里的人。她人缘好，在北大有很多朋友，长辈、同辈、晚辈，以及诸多“闺蜜”。北大名气大，来往人多，她为人豪爽热情，在这里遇见许多人，有师辈，也有同学和学生。相聚、相遇、相交、相助，为此她积累了许多“财富”。这财富便是“人”，各式各样的人，他们是有很多优长，也难免有缺憾的人。子曰，三人行必有我师，何况好学如秀芹！所以我说，相聚相遇总是美丽的。

秀芹本质上是一位诗人，才情并茂，有著名诗集名世，为众人所激赏。但她的散文也写得好，写景状物，亲切自然而见深邃。记得前些年她办培文图书，每年出一本图书信息，她每年都为此写一篇亲自签名的前言。那些前言也都是一篇好文字，例如有一年标题就是"与你相遇人生很美丽"，就是充盈诗意的一篇美文。秀芹的散文，尤其擅长写人。她与人相遇，顷刻之间，便能抓住此人的神采，寥寥数语，便能活画出此人的个性特征。因为知人达理，加以文采斐然，她的散文于是内蕴而生气勃发。她笔下的人物，有教授、专家、老师、同学、女友，各色人等，他们的言行相貌，甚至诙谐调侃，信笔写来，饶有情趣。

北大是一所老校，百多年间，进进出出，往往是大家风范，名士风流。写北大人，说北大事，几代人都在做，轶事趣闻，谈蔡元培，谈马寅初，谈周培源，谈鲁迅和周作人，也都有各人的名篇传为美谈。现在秀芹做的，是20

世纪至21世纪新旧世纪之交她所亲历亲见的现今的北大人。秀芹勤奋，悉心观察而默记于心，藏诸心中，形诸笔端，顿成美文。秀芹是性情中人，又是一个有心人，数年之间，工余假日，“素描”因之成束。书中所述所记，不见得是“群贤毕至”，却也真是“少长咸集”，这就是秀芹贡献于我们今日的一道生动的人物画廊。

秀芹的文笔灵动、潇洒而不拘泥，她不刻求文字的精致，甚至是有意地粗放，而常于不经意间以细节浮现人物的神采。要说散文写人，史上名家也写不少好文章，但我要强调秀芹不同于常的一点，那就是她知人论世的不拘一格。她不写完人，但她写真人，甚至是有缺点的、有争议的北大人。秀芹心境扩大，与人相遇，只问他的长处而略其他。她看人不绝对，也不轻从，她有自己的“标准”，这就是人的平常状态，常态！从这点看，秀芹算是有了北大的真传——北大原是博大的、宽广的，更是兼容的。

感谢秀芹送给我们一串珍贵而普通的、更是充满生气的现在北大人的人物谱，一个美丽而又实在的当代北大人物的素描画传。这里，我愿借用她的曾经的标题：与你相遇人生很美丽！

2020 年 7 月 11 日，于北京大学。北京新发地再起疫情，近已连续五日“清零”。

燕巢之恋

——我在燕园住过的几所院宅

筒子楼“万家灯火”

20世纪50年代中期落脚燕园，不觉已过了一个多甲子。其间有五年时间住学生宿舍，分别是十三斋、十六斋、二十九斋、三十二斋。当年北大宿舍都叫斋，斋者，书斋之谓也，这称呼很雅致，听起来仿佛飘着淡淡的书香。后来大概是觉得这称呼不够“革命”，斋统统改成楼。这一改，把原先的一点文气也消除殆尽了。与此同时改名的，还有燕京大学初建时命名的湖边七斋。这七斋，分别是德、才、均、备、体、健、全。后来这些斋，也通通变成了“楼”——红一楼、红二楼，一列数字枯燥地排列下去。50 年代改名是一种“时尚”，许多著名的地名，都超前几十年实现了“数字化”。例如北京和全国的中学，也都是一、二、三、四一连串乏味的数字排列。

所幸燕园周遭的那些前朝留下的园林，除了史无前例的那段时日有过短暂的“新命名”，大抵还是保留了原有的园名。因为我在北大工作的时间长了，许多旧园，也都住过，也都是沿袭旧名。需要解释的是，前述的斋中，多数都是学生宿舍，唯有十六斋例外，是改造了用以接纳新工作职工的“婚房”。新中国成立初期，学校大发展，新职工结婚后没有住房，临时改学生宿舍予以安置。十六斋即其中之一。60 年代，我刚毕业，结婚、生子，没有家属宿舍，也在这里“筑巢”。十六斋二楼的一间十二平方米的房间，成了我在北大最先的家属房。

十六斋位于校中心著名的三角地。楼三层，一家一间，平均分配。没有厨房，也没有单独的卫生间。楼道即是厨房，那时都烧煤，各家门前安放各自的煤球炉，煤饼、厨具、拖把等等，也都在门边安家。每个楼层有一间“公厕”，校方规定，一、三层为男厕，女厕在二层。那时条件如此，大家也都满意，因为毕竟有了一个“窝”。今天看来“不可理喻”的，当时却是寻常。记得当时成为邻居的，有校工厂的工人，有校医院的医生护士，更多的，则是刚毕业参加工作的年轻教师。依稀记得，罗豪才、沙健孙，可能还有王选，都住过。

楼道成了厨房，早晚生火，烟熏火燎，菜香飘扬，甚是热闹。邻居久了，彼此熟悉，南方人北方人，口味相异，各做各的，每日似乎都在进行厨艺比赛。时有美食，亦曾彼此分享。葱蒜油盐，缺了互通，如同一家。居间狭窄，互谅互让，少有龃龉，毕竟是读书人。这样的日子，有好多年。我的儿子谢阅在此诞生，当时妻子在读王瑶先生的研究生，要做学业，更请不起保姆，就把岳母请来照看孩子，一间房竟住进了三代人！一晃，也是三四年。苦是苦，也有难得的欢愉。

朗润园旧日烟景

我有属于自己的宿舍是20世纪60年代中期的事。那时，沿朗润园湖岸盖起了六七栋宿舍楼。楼高四层，分配给我住的是十二公寓二层一间房。一个单元共四间房，一下子住进了三家人：化学系一家三代人（奶奶，夫妻，二女一男），住一个较大的套间；我们已有孩子，住朝阳的一间；地质物理系一对年轻夫妇，住朝北的一间。一个单元总共约五十平方米，共用一个厨房，共用一个厕所，记得有一个没有热水的淋浴设备，也是三家共用。这次乔迁，我们终于告别了"万家灯火"的筒子楼。虽然依然窄狭，做饭、洗浴，特别是如厕，都要"排队"。邻居一个小孩，喜欢在厕所"引吭高歌"，我们也要耐心等待。困难，却总算是有了一个相对封闭的自我空间了。

朗润园位于燕园北，属于后湖地区，是清

代旧园。山间有亭，也是旧物，记得还有恭亲王奕䜣的题额，这里有皇亲贵戚的别业，亭台楼阁，皇家气派，特别是临水的美人靠，让人喜悦。朗润园是一座四水环绕的岛，西山那边的水流经挂甲屯，注入朗润园，这一带因之顿现湖光山色的美景。明人米万钟有诗曰："更喜高楼明月夜，悠然把酒对西山"，应该是此地当日风景。

我入住朗润园不久，吴组缃和陈贻焮两位先生也成了我的邻居。不过，他们的住房比我宽敞，是独住一个单元。与我比邻的，还有季羡林、金克木、季镇淮等先生。他们和我一样住的是新盖的公寓。令我特别羡慕的有两家住房，一家是温德先生，美国人，单身，终生都住燕园。温德先生家是一个半四合院，温住正房，厢房住着中国佣人一家。温先生不仅是一位学者，还是一位营养学家，他在院里种了许多鲜花和蔬菜。温先生九十岁还骑自行车，还能在游泳池仰泳。

另一家则更美，是孙楷第先生家。前面我

说过朗润园是一个岛，孙家更绝，独占了一个岛中之岛。几间平房，前后树林，亦是四面环水，宁静如村居，有小木桥通达。20 世纪某个年代，消息传来说，现任教授可以自费修缮入住。我和一位同事，曾动念两家合资修缮此岛，终未如愿。梦想成真的，倒是后来我主持北大诗歌研究院，在当时校长周其凤和校友骆英的全力支持下，在孙楷第小岛左近，盖了作为诗歌研究院办公场所的采薇阁。我为此写过《采薇阁记》，并以石铭之。

我在朗润园住过的日子是动乱年月。十二公寓靠近院墙，墙内北大，墙外清华，日间喊声动地，夜间枪声时起，日子过得提心吊胆。住房东边，紧挨着北大招待所，当年是“梁效”驻地，讳莫如深，避之不及。灾难的岁月，给我的内心留下了深深的伤痕。而最深最深的疼痛，却是时常涌现儿子在湖上玩自制冰车的背影，这背影永远地消失在烽烟弥漫的岁月——永远不再。

蔚秀园听十里蛙鸣

燕园是北大现今校园的通称，它的基本版图是原先燕京大学的校园旧址。当年司徒雷登校长为建校多方奔走，筹募资金，斯园始成，令人铭感。北大入驻燕园之后，燕大原先的规模跟不上现实发展的需要，于是有了在附近园区寻“空地”建房的思路。朗润园沿湖的楼群即是开端。事情到了20世纪七八十年代，这种思路就延展到了此刻的蔚秀园，也包括嗣后的镜春园和承泽园。一切也如朗润园一样，在湖边找“空地”建房。这样一来，原有的园林格局毁坏无存，而受益的却是我们这些渴求“蜗居”者。

蔚秀园原先的主人不可考，可以确定的是非一般的人。此园正对着如今北大的西校门，中间隔着当日由西直门通往圆明园的御道，如今也是由北京城里去往北大、清华、颐和园和香山的必经之途。蔚秀园呈现的也是一派旧日皇家园林的气象，它的特点是在当日京畿的郊野造出迷人的水乡烟景。园内溪流婉转，有山，山间有亭；有水，水上有桥；有岛，岛上绿树环绕，村居隐然其中。

为了盖楼，砍树，修路，毁弃稻田，填塞河道。顷刻之间，蔚秀之风光丧失几尽。记得当年，我们步行出游圆明园，往往出西校门穿越蔚秀园。田间道旁，苇荡摇曳，蕖荷凝香，稻田夹岸，让人仿佛回到了遥远的江南。当时盖楼，为了扩展面积，将原先的河道改为水泥暗沟，偶尔还能见到贪玩的野鸭“偷渡”暗沟的身影，见此，掩不住的心酸，它们是在寻找失去的家园吗？

但当时在我，却是另一番心情。日盼，夜想，终于盼到了在燕园有自己独立住房的日子。蔚秀园二十一公寓顶层五楼，一个小二居成了我的新家。新居有一个简易的卫生间，没有客厅，中间过道可置一小桌，用以餐饮和接待朋友。我终于告别了三家三代人“拼居”的朗润园，开始了安适的也是宁静的教师生活。在蔚秀园，我带研究生，教学、研究、写文章。一些有限的学术成果都得益于这个相对平静的环境。当然，这难得的平静，到底还是被无法抗拒的现实打破了。在这里我曾拥有一次难忘的“因言获罪”的经历。所幸，毕竟是有着民主立校传统的北大，它以它特有的方式保护了我。

蔚秀园五楼有一个可供晾衣的小小的凉台，由此可以眺望当时还是一片稻田的畅春园。那一片稻田属于海淀西苑乡，是著名的京西稻的产地。高楼明月，夜景凄迷，蛙鸣起于四野。从午夜到拂晓，此起彼落，可谓彻夜狂欢。蛙唱扰人清梦，当年烦恼莫名，如今却成绝唱，思之惘然！

畅春园最后一方稻田

我宅居燕园的最后一站是畅春园，这是我的户口本注明的迁移地。畅春园是康熙驻跸郊外避喧理政之所，它的历史早于圆明园，更早于颐和园。从遗存的绘图看，园区起于现今北大西门，一路南向铺展，直抵现今的海淀、苏州街、稻香园、芙蓉里一带。全园山水连绵，有亭台楼阁，湖区分别以花堤连接，极一时之胜。史载，康熙曾在此延请外国老师讲授、研读天文、地理及算术等。这些前朝盛事，如今已被遮天蔽日的楼群所堙没，只剩下屹立于北大西门的两座畅春园已废寺庙的山门，坚守着数百年的寂寞。

畅春园的居住条件好于以往的几处住房，三室一厅，独门独院，只是面积仍然偏小，可用面积才五十多平方米。我住一楼，有一小花园，园内种了两棵石榴，沿墙植竹，另有凌霄花爬满篱笆。我在此度过 20 世纪 80 年代最后的时光，在此迎接了 90 年代。

北大的畅春园区，即是康熙旧日的住所。应该说，我不慎踩了皇家的地面。在这里，我留下了刻骨铭心的记忆，如今不说也罢。印象深刻的倒是紧挨着院墙的那一方水田。水田面积不大，似乎是有意的“留存”，告诉人们，这里曾经生产朝廷食用的贡米——著名的京西稻。稻田平时不见耕者，每隔些时，便有穿着长靴、戴着遮阳帽、骑着摩托车的人们前来“打理”。这些人心知肚明：这是最后一方水田！他们不想挽留，也不能挽留。令人心痛的最后的一方水田，最后的一代“种田人”。

2021 年 1 月 6 日，于北京昌平北七家。

祈福 2022

北京，酒仙桥，798，这里有一个艺术中心，一个画展召唤了我。宽敞的展厅，奔放而艳丽的火鹤被无限地放大。一时间，诸多的火鹤在我面前凌空飞舞，光闪闪，火艳艳，热辣辣，那红色的光艳照亮了整个的大厅。年轻的画家刚从欧洲巡展归来，他带来来自世界的友好和温情，他向我解释这些画。大厅外面，是北京滴水成冰的严寒，加上疫情，人与人被隔离——口罩，健康码，查体温，是寒彻骨的寒冬气象！而此刻，室内，火鹤飞翔在我的周遭。除了火鹤，还有郁金香，以及瀑布般飞泻的迎春花！这里奔涌着鲜花的海洋，这里在召唤春天。

“有光！”画家给画展这样取名。我仿佛听到来自云端的遥远的声音：“要有光。”光于是就出现了。在远古，在此之前，大地一片混沌，黑暗笼罩着世界。书上讲，混沌初开，乾坤始奠，就是这样的开天辟地的初始。因为有光，人类得以生存。此刻，画室外面，夕阳幽冥，天空布着阴云，冷风习习。而环顾室内，火鹤飞翔，郁金香含苞，迎春花绽放，人间顿时充满了光带来的希望。我于是感谢那光，感谢那火鹤的飞翔，以及鲜花的怒放。画家邀请我致辞。我说：让花开放，让光进来，让我们告别瘟疫，告别灾难，我们将以坚忍摒弃黑暗，我们要享受光明和自由！

我讲完话，镜头转向一个诗歌现场。一场国际性的诗歌颁奖典礼在这里举行。评委会把一份特别奖颁给英国的肖恩·奥布莱恩——因为他的诗“具有相当的复杂度与多面性，往往在社会题材中将纪实性让位给想象力与梦幻感”；评委会还把另一项特别奖颁发给马其顿的尼古拉·马兹洛夫——因为他的诗“不仅触及到我们时代最核心的内在困境，而且也创造了比苦难记忆更为长久的内涵”。一位穿着短裙的金发少女，从我的手中接过颁发给英国诗人的奖杯。遗憾的是，这个庄严的颁奖大典，因为疫情，所有的受奖者只能隔空向人们致意。

但我已十分满足，我毕竟以自有的方式冲破隔绝，我毕竟能以自有的方式面对世界和朋友！绘画，诗歌，鲜花和奖杯，还有困苦中萌发的无限想象力，这就是 2021 年最后几天我在北京 798 的“艳遇”。久经疫情困扰，万众禁足，我心疲惫且伤苦。感谢今日，感谢 798 艺术中心，它以温情安慰了我。这已经非常美好。我们就这样，把这个灾难而阴暗的岁月留在身后。

期待新的一年，我们将重新拥有来自天上的光亮，我们将告别窒息和幽暗，我们将恢复自由的呼吸，我们将按照通常的习惯，和所有人亲密地握手和拥抱！2022，它以一串美好的数字迎接我们：双双，对对，和和，美美，吉祥而圆满，亲爱和温情。在中国人的心中，这是一串喜气洋洋的数字的组合，代表幸福，也代表光明和希望。亲爱的朋友，这就是我在年终岁首向你们发出的祝福的声音。

借此机会，我还要向你们倾诉我内心的积郁。疫情初起的那一年，我读一位朋友的诗篇，讲了诗，事已了，本该收篇，因为朋友是佛家弟子，猛然间缀上一句：佛佑中华！去年，也是读诗，一位素未谋面的朋友，从深圳寄来写着乡愁和童年的记忆的诗篇，关于诗的话题，该说的都说了。临了，也是不经意地、没来由地加上了“离题”的话：祈愿人类友爱，世界和平！一向行文谨严的我，很为自己这些“题外的话”吃惊。这些久旷的祝愿的词语，已遗忘在遥远的岁月，它已尘封经年，上面布满蛛丝。何故猛然脱口而出？

细想也是，心有戚戚，藏不住的。我生于民族危亡的年月，那时外寇入侵，国土沦丧。伴着度过童年的，是饥饿、是穷困，是父兄的失业，是家无宿粮、朝不虑夕的苦厄。当时，来自遥远北方的枪炮声和哭喊声，代替了我应有的童年的谣曲。忧患催我早熟。是的，我眼中闪过欢庆二战胜利的泪花，但是，此后的几乎所有的日子，都伴随着惊恐和哀戚。我的人生岁月上空布满阴云，在战云密布和政云迷离中，我痛失童年的天真和幸福，以及青春的幻想。我真正的人生始于中年！

佛佑中华，人类友爱，世界和平，是我隐藏内心的祈愿和呼声，也是我心中最美的诗句。记得当年，朝阳初升，我曾身着戎装，吟诵新中国第一首政治抒情诗“和平的最强音”[①]——我们是世界上的绝大多数，我们的声音是世界的最强音，我们并不向他们祈求和平，而是命令他们：“不许战争”！记得当年，和平的呼声响彻云霄。那时，毕加索那只毛羽蓬松的和平鸽是全体渴望自由和平人们的最爱，是人类共有的吉祥物！

不幸，我们的祈求被无情事实所“否决”。21 世纪第一年，当头一棒：纽约双子星座被飞机炸弹轰毁！新世纪过了二十年，天空依然战云密布。在中东，在黑海沿岸，在地中海的海滩上，那里漂浮着婴儿的尸体。更让人不安的是疫情的肆虐，它破坏我们正常生活，它阻隔

① 诗人石方禹《和平的最强音》。

人际的交往，它使天空布满阴霾，它让我们陷于绝望之中。我为此不安，我为此祈愿。我于是祈愿毕加索的和平鸽永生，如同此时我见到的艳丽的火鹤的迎风狂舞！

2021年12月31日—2022年1月1日，于北京大学。

春服既成

物呈万象，貌有妍媸，总系天成。一般人依靠适当的服装增强自信。所以女性画眉傅粉，锦衣秀裙，非关蔽体，实乃借以增美色、显自信以悦人也。此乃人之常情，无须鄙薄。当然也有非常例外的，她不须借助外在的修饰而出以自然，这只是极少数。唐诗写虢国夫人即是一例："虢国夫人承主恩，平明骑马入宫门。却嫌脂粉污颜色，淡扫蛾眉朝至尊"（唐张祜：《集灵台二首》）。一方面，夫人天生丽质，满满的自信；另一方面，她恃宠矜骄，意气飞扬。此非常人可比，乃是盛唐一道风景。

衣食住行，此四者，衣居首。衣不蔽体，生存难继，谈何其他，故为先。早年读黄仲则诗："全家都在风声里，九月衣裳未剪裁。"（清黄景仁

《都门秋思其三》）窸窣衣单，愁苦万状，凄然久之。幼经穷苦，感同身受。记得闽都岁时，每逢新岁正月，长幼均须更换新衣，年节频频，慈母忧心。母亲一生育有五男一女，艰难时世，家无宿粮，哪能岁岁新衣？每当此时，母亲总是默然应对，挑灯深夜，以旧翻新，东拼西凑。新岁正月道喜声中，居然一家灿烂“新”衣！靠的是午夜灯影下的“慈母手中线”。岁月凄迷，感念弥深。

人际往来，首重仪表。所谓仪表堂堂者，断非时下“颜值”“名牌”所指。都谓气质和修养体现人品，却非自生而有，多系后期养成，而衣着整洁得体确是补拙之良方。其实，人的修养与风度，不必名牌，亦无须锦衣轻裘，自然得体便是。公众场合如此，私人过往亦如此。那年在维也纳，挚友燕姗为我们的访问饯别，在一家高档餐厅请了北岛、邵飞和我。我郑重地打了领带赴会。燕姗很感动：“你这么正式！”这不是一般的礼貌，而是表示对主人的尊重。

现今社会，逐渐地与世界融为一体。西装革履，全球畅行，事关仪表，而断非那些人诟病的崇洋媚外。近有倡导“国服”者，搬出了古式的峨冠博带，非今非古，不中不西，窃颇不以为然。其实，国不分大小，人不分中外，一样的西装领带，一样的心气平和。因“爱国”而弃西服，未免过于狭窄了。那年温儒敏先生将就任中文系主任，有感于当下的散淡轻慢风气，曾与我偶语一些仪式的必要性，例如庄重的场合，迎新或毕业典礼、论文答辩、学术会议，包括全系的教授会，等等，均应正式着装。我赞同。后来我退休了，不知他在任上是否认真履行了。

即此一端，香港就值得我们学习。港岛公职人员和企业职工，上班期间，男士均是正装领带，女士一般都是高跟鞋裙装。日日如此，蔚为风气。那年台湾郭枫先生邀宴于尖沙咀半岛酒家，事前特别关照务必正装出席。大热天，我还是“入乡随俗”，领带革履欣然与会。反观域内，近年公务人员相当注重仪表，正式场合多有着装要求，显得肃穆庄正，民间反应也是良好。

但政界商界以外，似乎就不太讲究了。特别是号称最有文化的文人聚会，反倒大大咧咧，甚至有意地邋邋遢遢。我参加过若干诗人的聚会，大都着装随便，以不修边幅为意，而正装临场者，则往往显得尴尬。有人甚而有意奇装炫耀，举止乖张，人们习以为常，也都见怪不怪。至于艺术界和演艺界，则视“不修边幅”为常态。对于服饰，我的观念趋于保守，我总认为，学界重仪礼，诗界应优雅，演艺界虽曰五彩杂陈，也不应行为乖张。

服装非小事，多半与社会兴衰有关。我们可以从唐三彩的仕女服饰发现一个盛唐，也可以从敦煌石窟中的那些供养人的着装看到当日的繁盛。为此我以为，服装一事虽乃日常，却从中可以窥及时代风尚、社会盛衰，非可轻觑。社会动荡，生存失去常态，当然顾不上仪表一端。犹记动乱年月，举国上下，不论男女，无分老幼，一片红卫兵装束。一时剪裤管，剃烫发，别说西装，女士的裙子也在禁忌之列。一般而言，社会安定，神清气定，人心放松，服装也就百卉竞呈，斗艳争奇，人皆以为常，不再大惊小怪。目下吾人所见即是。

早春二月，燕园迎春花凌寒盛放。也是此时，岛由子春假自大阪来归。岛由子回家了，一年一度的“国际”饺子大赛也就正式启幕。此时山桃已开过，连翘正蓓蕾。湖冰初化，垂柳乍绿。鸣鹤园的迎春心急，却已成了一派黄金的海。这是我们每年一度的春的聚会。其实，所谓馅饼大赛是借口，师生一年一度的欢聚才是目的。到了这日，女生们个个都盛装出场。大都是一身旗袍，盘发，戴了闪亮的耳坠。衣香鬓影，满目珠翠。都说是比赛吃馅饼，实乃是一场盛大的服装秀。

《论语·先进》有重要的一次师生谈话。孔子与弟子谈人生志趣。子路、冉有、公西华谈过，轮到曾皙。曾皙语惊四座：“暮春者，春服既成，冠者五六人，童子六七人，浴乎沂，风乎舞雩，咏而归。”老师听了很是赞同：“夫子喟然叹曰：吾与点也！”一贯讲究仪礼的夫子，原来也是崇尚服饰之美的。

2022年2月4日，此日壬寅立春，于北京大学。

事情可能好于预期

从摔倒骨折的那一刻起，我便决心关闭手机，我要割断与外界的一切联系：电话、短信、微信，我一概不接听，不回复，也不跟帖和点赞。我知道我很“失礼”，愧对惦记我的、爱我的一切朋友，然而，为了他人和自己的宁静，我只能如此！这就是此刻我所能做的。

在监护病房，术后清醒。偶然打开手机，一条英文短语跳进眼帘：A man is not old as long as he is speaking something（只要有所追求，他就没有老）。

这不就是对我的提醒和召唤吗？我把它视为一剂止痛的药，一副鼓励我战胜灾祸的良方。这唤起了我的记忆和信心，的确，除了此刻感到孤独的我，我还有属于我的世界。病房外面，冬天正在逝去，春天正在走来。而在遥远的欧洲，战争正在继续，那里的人们正在流血。当然我更知道，个人只是宇宙星云中的一粒尘埃，有我或者无我，世界总在，而我这个微尘的存在，对于世界而言，无所谓！

“不眠忧战伐”，到底还是“无力正乾坤”！半个多世纪前我因内心积郁而随口诵出的这两句诗，不仅于事无补，而惹来了个人的灾难！然而，此乃积习！我毕竟还能思念万物，我毕竟还念及众生，我毕竟没有“老”！

犹记当年冰心在绮色佳慰冰湖，有小恙住院。她的女友们牵挂，温馨、友情，充满了爱心。她病得很“美丽”，我当年读她的那些散文，也感到了并且“羡慕”这份“美丽”。

然而，此刻在我，毕竟不是当年的冰心，却是九十岁高龄的“换骨”之痛！

庆幸的是，我冥冥感到，事情可能好于预期！首先，我庆幸自己居然还“活着”；其次，我惊讶于自己术后次日，在医生的鼓励下居然能够“站立”，且“行走”——当然，用的是助步器和人力搀扶；再次，我在康复病房居然神志清楚，动笔（没有电脑，手写，然后拍照请正在成都的朋友辨识，转化为电子文本）发文，向惦念和牵挂我的友人报告我的意外之灾。

说到“预期”，其中最大的一个预期就是，此前，在拟议中，北大要为我开一个会议，会期定在四月的第二个周日，有一些海外的学者和朋友要到会，长期与我合作的帮助我的朋友和学生要到会。北大、北大中文系很看重这个会，朋友们在为会议撰写论文。从住院手术之日我便盘算着我是否能如期到会。所谓“脱胎换骨”对于人生不会是一件小事，我能否度过这个危机，我是否能够平安“抵达”会场？上天自有主宰，这当然不是一个人的私愿。

但我对自己有“预期”，正如我对自己的生命和世界总有一种期待一样，我有“预期”。我希望事情会是好的。我平素不敢“妄言”，尽管我会选择低调，但我总怀有一种期待。对于四月要举行的这个会，我有期待，我要在会议的现场向大家致谢、致敬，我要拥抱每一个人，至少，我要和每一个人握手！

说着，想着，二月过去，三月也将过去。“四月是最残忍的季节”，这是谁说的？为什么是“残忍”，四月的确是一个关口（事实是，由于疫情严重复杂，四月第二周预定的会议延期了），但我对这个时间的“预期”没有改变，要说这是“追求”，这就是！因为有了这个追求，我于是“不老”。

这是现阶段我的“追求”，具体一些说，这便是，我非常不情愿乘坐轮椅赴会，我希望能够“站立”，而且摒弃拐杖助力，至少、至少，我愿借助助步器或者被朋友搀扶走向会场。四月初的某一天，我独自悄悄做了尝试，我终于欣喜地发现，在边上有人的保护下，我可以站立，而且可以移步走动！这就想起了这篇文字的题目——包括我病中为沈仁康文集所写的序言，我向亲友们报告病情的《换骨记》、近期的《学步记》这几篇文字。现在这篇文字的题目是：“事情可能好于预期”。“可能”，不是“一定”，但预期可能会是好的，是完美的！

仅仅由于这一点：A man is not old! 这人即使面临人生的深秋或是晚冬，他满眼都是春光。他没有老，也不会老！

2022 年 4 月 5 日，此日壬寅清明，于某医院某病室。

温馨下午茶

喝下午茶是西方人的习惯，下午茶的主角是咖啡或红茶，外配若干小点心、奶酪等。旧时国内不太流行。正宗的下午茶应该追溯到英伦，而盛行于剑桥、牛津一带高端人士聚集的场所。这一风习在中国的传播，应归功于那些最早受到西方影响的知识界和商界。我所知有限，在国内，大抵也还是我所熟悉的学界以及大学校园周遭，当然，也还有上海外滩或者杭州西湖周边如今时尚的“新天地”一带，彼地楼舍林立，楼间夹缝时见精致的小馆，咖啡的香气四溢。我想，那可能是国人喝下午茶的理想场所了，也都是取法欧陆的时尚风景。

国内学界最负盛名的下午茶，应该是传闻中并引起谈资的“太太的客厅”的下午茶了。当年北京城内北总布胡同二十四号（旧门牌三号）院，曾是梁思成和林徽因夫妇的寓所。那里经常举行的午后聚会，被认为是国内有名的下午茶——此即著名的“太太的客厅”的雅聚。据说，冰心的同名小说就是以此为蓝本的。传闻如此，未卜真伪。

“太太的客厅”其实就是在梁、林府上的一间普通的客厅，中心人物就是客厅的主人林徽因。这就是受到关注的北京高端文人学者喝下午茶的地方。有趣的是，出席这个聚会的常客极少女士，几乎都是男士。据回忆，来此喝下午茶的，除了梁思成和老金（金岳霖先生）之外，经常出现的身影有陈岱孙、张奚若、钱端升、胡适、李济、朱光潜、陶孟和、沈从文，是否还有梁实秋不得而知。萧乾作为当年的文艺青年，曾受到林徽因的邀请，是沈从文带去的。

民国女作家中，林徽因是朋友最多的，这些杰出的男性，都是来自学术界和艺术界精英，学者、教授，创作界的小说家、散文家或诗人，他们均是国内外闻名的各界杰出的人物，都是林徽因的朋友，也可能都是她的爱慕者。出席林家客厅的常客，记录中少有徐志摩，也许他那时长住上海，不是“常务”。这些人，下了课，公余，或是假日，受邀或自行前来，喝茶，品咖啡，谈时事，谈学术，也谈创作，读诗。因为都是熟人、朋友，没有客套，无拘无束，谈天说地，海阔天空，一种朋友间自由、轻松的茶叙，而与正式的场合有别。

这些人后来因战争陆续去了昆明或者桂林，这种朋友间的聚会是否被带到了西南联大？战时，大后方，住房简陋、心情郁结，加上物质贫乏，雅集也可能因而式微。战后复员回到内地，时局接着动荡，政治氛围酷严，闲情难继，也在情理之中。后来风向变了，国门开放，社情逐显平和宽松，人心于是怀旧思静，生活秩序渐归常态，旧日风习得以缓缓恢复。在我的记忆中最深刻的一次，是我有幸亲历清华园郑敏先生府上的“九叶”同仁的聚会，那时，除了穆旦，其余的“叶子”来得很齐——郑敏是主人，袁可嘉、辛笛、曹辛之、杜运燮、唐祈、唐湜、陈敬蓉，都到了。这种集会，我猜想是近于“下午茶”的。彼时嘉友从南北各方来聚，郑先生亲自调理咖啡和茶，水果、甜点，冷盘。众人散坐四围，谈笑闲说，或吟或诵。童诗白先生则自后厅弹奏钢琴助兴，至乐，忘情。

就我个人而言，不是不知其乐，也是囿于条件、时间、心情等等，多半只是在记忆或幻想中“神游”，而少能“复制”这场景。今年年初，一个意外，把我送进了医院。手术，治疗，调理，康复。护士和护工陪伴我度过艰难的日夜。伤势逐渐见好后，医生护士心情也轻松了，她们把喜悦带到了病房。为了便于康复，她们让我补充营养，劝食，“谢老师的下午茶”，是她们为我“量身定做的一个节目”。午间休息后，她们送来自备的咖啡，配上奶酪、小点心和水果，日日如此。她们的爱心让我感动。“谢老师的下午茶”就这样成了我幸福的记忆。

手术成功，我出院了，我放弃再进康复医院，我选择居家养伤。学步，逐步摆脱对于助步器的依赖，争取能够独立如旧地行走。最后的目标，是争取“重上层楼”。因为我行动不便，朋友和学生惦记着、牵挂着我，他们不让我走动，他们沿用了医院里的做法，在我居家康复的“病房”聚会。奶酪、面包甚至我喜爱的榴莲和芒果，还有不可缺的红玫瑰。当然这下午茶最不能缺的“主角”是咖啡，带着热气的，它们是来自星巴克的拿铁和卡布基洛！他们带来了外界的讯息，他们告诉我，冬天即将过去，春天就要来临。

2022 年 10 月 12 日，于北京昌平北七家。

拒严寒于窗外

时节已是腊月初八。俗云，过了腊八就是年，不觉又是一年的终了。这一年过得很是艰难，个人和家人、友人的意外之灾，没完没了的疫情肆虐，我们正常的生活秩序被打乱，会议也好，朋友聚会也好，堂食被取消，超市不能进，更别说银行和邮局了——我曾被拒于银行门外、坐在寒风路口达半日之久！我们（至少是我本人）被逼得“无路可走”。说到会议，我特别不习惯所谓的“线上进行”，我认为那是不正常的，我像躲避灾难那样地拒绝这个我认为的异常！

2022年12月中旬，我发现有喉疼、咳嗽现象。我在朋友小圈内发短信，说的是我个人的应对策略：“九十一岁偶感风寒，不必紧张，不必进医院，不用查阴阳，不用抗原，等等。

立即躺平，每小时进水。没有特效药，连花清瘟也不是，用任何一种感冒药即可，我用的是板蓝根颗粒。一药到底，不要多种。”我的这个“方子”，得到相关医学人士的认可——“对头”！我未查体温，似乎没有发烧，只是食欲不振。大约一周左右，咳嗽和鼻涕少了，我停药，开始正常进食。事后我被告知：你没事了。

这就是我在 2022 年最后那些日子里的遭遇。窗外严寒正殷，草木萧瑟，天寒地冻，滴水成冰。我虽然仍未被允许进公共场所，但是我恢复了室外—室内的运动——行走，恢复到春天“换骨”之前的水平，日达万步左右。因为饮食正常了，我自觉体力在迅速恢复。个人和家人终于脱离了险情，但我心情依然沉重。从北大中文系和蓝旗营社区，不断传来朋友和老师的噩耗。多年的同事，还有以前共过患难的邻居，都匆匆地、悄悄地离去。就连上月在相关会上用“学术相声”为我“捧场”的快乐的古远清，连一句话都没留下就消失了！

2022 年的最后一天，一早，连续收到北大中文系的两份讣告！我承受不起这样接连不断的打击。心情郁闷，不禁悲从中来！也就是此时，一个快件来自长沙，一位老友送来了对新年的祝福。碧绿色的外包装，装着来自宝岛台湾的冻顶乌龙茶。友人附有一信，是用喜气洋洋的中国红硬纸打印的，上面是温馨的话语："今年我们面临严重疫情的袭扰，但我们一定要战胜它，送你一盒茶叶泡饮，清心去浊，健康怡然。阳光、春天始终属于我们。"是的，阳光、春天始终属于我们！也就是这时，紧邻的一位女士发来了关于维也纳新年音乐会的消息：新年音乐会今晚可以看三回，中央电视台第十五频道直播中。这些信息告诉我，生活在继续，尽管窗外冰雪遮天，但是我们未曾挡住春天的步履。

朋友的深情，邻居的温馨，他们在告诉我：2023年的新年到了！也是此刻，在我访问过的、熟悉的维也纳金色大厅，人们将在新年的第一天举行一年一度盛大的音乐会！朋友转来的节目单上写着，圆舞曲《英雄诗篇》之后是《寂静之夜》，接着是法兰西波尔卡，接着是爱德华·斯特劳斯、约瑟夫·斯特劳斯、约翰·斯特劳斯整个华丽的斯特劳斯家族悉数出席！英俊而镇定的乐队指挥向我们亲切地挥手，他引导我们走近那支优美的《蓝色多瑙河》，我们随着它的旋律蠢蠢欲舞！音乐会的最后是经典的《拉德茨基进行曲》，庄严、优美，轻柔而逐渐地转向欢快！此刻乐队指挥离开乐池，走近栏杆，他开始面向观众引导他们的掌声——掌声几乎要掀翻金色大厅的屋顶！维也纳无畏地、充满信心地创造了整个世界的欢乐！

热爱和平和自由的人就这样，用他们的掌声和欢呼，用鲜花、香水、曳地的长裙和迷人的圆舞曲，用春天的旋律，远离苦难和不公，让人们忘却数百里之外正在进行的空袭和轰炸，忘却那里的眼泪和鲜血！他们，不，更有我们，要把不幸、瘟疫和战争的硝烟拒于窗外！我们在这样的时刻，只能含着泪水，轻轻地呼唤：永别忧伤，永别泪水和血污，让欢乐和友爱永驻人间！

2023 年 1 月 6 日，于北京昌平北七家。

紫藤学堂

夏夜听评话

他一袭青衫，斜挎着简单的布包袱，一片钹，一根竹筷，一个戒指，加上一块惊堂木，这就是他演出的全部行当，我们称他“评话先生”。评话先生通常在乡间集市，特别是喜庆之家赶场，演出的是福州评话，全程用福州方言。他多数时间在“讲”，只有大的转折时加“唱”，唱时他左手持钹，右手用竹筷敲打，边敲边唱。这时，我们知道情节将有大的转折，紧张的叙事到此告一段落，听众在评话先生的吟唱中也得到片时的调整，期待着另一个紧张情节的开展。整个的评话会场，听众全神贯注，时而紧张得屏住气息，时而轻松得显出笑容。听众的情绪全被他一个人的演出所左右。

评话多是说古，一般取材于稗史和民间传

说，在我的记忆中极少现实题材。那时我们听评话，就是要听以往朝代的故事，特别是改朝换代之际那些惊天动地的事件，如“狸猫换太子”之类。隋唐演义、七侠五义，以及公案小说如施公案、包公案等。吉庆人家，为了还愿谢神，或三五日，或十天半月，每日“接着讲”，是一个又一个的“连续剧”。听众都是些乡民，成年人和小孩，先生讲得很通俗，乡间俚语，大家不仅听得懂，而且兴趣盎然。

评话是传统说书的一种，有一人单口，二人对说，以及多人同台演出的多种方式。福州评话则是“独角戏”，翻山倒海，惊天动地，自始至终全由一人演出。福州评话源自唐宋以来的“说话”，即讲故事之意。敦煌卷子写本发现有唐代的说话话本《庐山远公话》等，是非常古老的说话本子。古代传下来的说话形式众多，有“小说”“谈经”“讲史书”“说浑话”等。在我听到的福州评话中，通常多“讲史书”一类，很是奇怪，从来没有遇见“说浑话”的。可见，当日的评话先生很是“自律”。

我那时念小学，许多历史知识，都是评话先生教我的。讲评话是乡间习俗，也是平常生活中的一个节日。如果乡里的大庙今晚有评话，全凭口传，不贴布告。讲评话往往是夏日的夜晚，晚凉初透，蛙鸣在野，新月斜空，萤火虫隐约于禾田间。此时晚风飘拂，带着稻花的清香。正是晚间休憩的时辰。为了听评话，乡民们早早吃了晚饭，自带座椅，手摇蒲扇，悠闲而来。

每当此时，平日寂静的大庙顿时热闹起来。大庙一角的烧腊小摊，灯火阑珊，油香飘拂，一时又多了些酒客。

评话先生登场，只见他青衫一捋，这边惊堂木一响，全场静默，评话就开场了。评话散场正是夜阑时节，乡民们带着满足的心情一路说笑着各自归去。南国夏夜，蛙鸣起于四野，一轮弯月凌空，满天星雨，散落树梢。

那时我住在福州郊区叫作程埔头马厂前的一个地方。马厂前的前街，就是如今很有些名气的马厂街。那里的沿街两旁都是西式的洋房、寂静的花园，三角梅悄悄地爬过墙头，沿街时闻优雅的钢琴声。这里住着一些从事邮政、海关、医务，以及宗教事务的从业者，因为多半受过西方教育，他们的住宅清雅，遍植花木，整条街充满欧陆情趣。

福州是五口通商的一座城市，随着门户的开放，中外商贸往来频繁，传教士、商人、学者、旅行者，他们带来了我们陌生的西方文明。我此时居住的南台沿江一带，外来者在这里建教堂、开医院、办学校。当然还有时髦的咖啡厅、西餐厅和电影院。遇到圣诞节或西方的其他节日，中外的信徒们歌舞狂欢，也是通宵达旦，显现出一派异域风情。而与此同时同地，中国民间的迎神大游行，以及水上疍民祝福的歌唱与之并行不悖，香火、鞭炮，锣鼓喧天，以及清脆的歌吟，一片欢天喜地！

这情景，与我此文开头描述的大庙中的评话现场，是同一个社区，同一街巷，也是同一时空，不仅构成了视觉上的极大反差，而且呈现了不同文明“华洋杂处”的生动状态。人们不禁发问，一边是极富中国乡土风情的、建立于农耕文明而世代相传的风俗图卷，一边是西方基督教文明“咄咄逼人”的气势，究竟是何种伟大的力量而使本土的文明，能如此自信且顽强地坚持着和赓续着？

我的童年就生活在这样一个复杂文化环境中。当时年幼，所知不多，一切都自然，也一切都合理。后来知道得多了，乃知各种文明有其各自的生长和存在的缘由，文明并无优劣、高低之分。唯有开放的世界容纳多种文明，使之风云际会，共生共存，世界于是才呈现出它的丰富性和多样性。

2021 年 7 月 12 日，于北京昌平。

跛脚的三栖

我的职业是在大学任教，做学问，讲课，培养学生，专业是文学——中国现当代文学学科，大体也就是文学圈子里的一个点。做研究，写讲稿，离不开作文，我的第一职能是书写与这个专业有关的评论一类的文字，即业界叫作“文学批评”的行当。文学写作种类很多，小说、散文小品、杂文、剧本、报告文学以及诗歌。我做的只是文学评论。这业务本身基本上并不创作作品，是研究和议论别人创作的一种工作。做文学评论的人，他的写作对象是再现或评说别人的作品。笼统地说，文学批评属于理性的、抽象的思维，而文学创作则更倾向于想象和虚构，因而更具形象性。这是两种不同的写作，一般来说是泾渭分明的。

我小时梦想当作家、做诗人，因此学习上有偏废，喜欢语文，不喜欢数理化。中学时代又受到毕业于中央大学国文系的余钟藩先生的启蒙和鼓励，学着写了些文学习作，散文、散文诗，更多的是诗歌，无知者无畏，甚至也试着写小说。在战乱的年代，衣食无着，生命且不保，那时谈论文学和诗歌，是有些奢侈的。我的文学梦就这样为残酷的现实所粉碎。

我承认诗曾是我的最爱。但我最先摒弃的也还是这个“最爱”。少年心智，始知诗的别称是“自由”——自由地歌吟、自由地表达、自由地书写！诗歌写作使人的丰富的内心世界能够在这个文体中自由地飞翔。我曾说过，当我苦闷和无助时，诗是安慰我的天使。但当现实生活中的表达的自由不被允许，诗也就无存身之地！少年时代我呼唤过春天和黎明，青年时代我目睹过因诗歌写作而导致的灾难——虽然我由于当日战士的身份而写过一些适合战争环境的鼓动诗，但我私心并不认可这些写作——敏感的、早熟的我，很快就理智地为诗“封笔”了。

我的“秘密”写作是在一个漫长的暗夜里进行的。被我“封笔”的诗歌，在我蒙受苦难时再一次召唤了我。那时，我的白天被用来接受“斗争”和“批判”：挥舞的拳头，野蛮的呼喊，侮辱和谩骂，接着是强迫性的劳动——只有夜深时节属于自己。只有此时，在身心近于崩溃时，天使的羽翼再度抚摸了我。我在痛苦的“告别”中冀盼着春天的到来，我写了“告别”，再写“迎春”。这些只为自己而写的诗，尘封并深锁于抽屉的某个角落，不见阳光，不为人知，长达半个多世纪。

直到2022年冬天，我因祸住院。在我与伤痛抗争的时间里，由于“知情人”的“隐知”与竭力开掘——我的这些诗歌碎片终于在瓦砾与丛莽中被“重新”发现（他们说，重新发现了一个诗人）。而后，他们又以最快的速度出版了诗集《爱简》。这是我平生出的第一本、也是迄今为止唯一的一本诗集。我毕生梦想着做一个诗人，却是这样意外地圆了我的诗人梦！这是幸还是不幸？唯有天知！

我自喻是一只三腿青蛙，我不会爬行，更不会腾跳，我“肢体”不全。三条腿中，只有文学评论这条腿较为正常，而诗始终是残缺的。偏于理性的一条腿是文学评论，偏于感性的另一条腿是诗歌，此二者，基本上是两种不同路数的文学写作。在我的经验中，我比喻它们仿佛是两部机器，一部机器工作了，便关闭另一部机器。而诗歌这部机器是被我经常甚至是长期关闭的。

因为偏爱诗歌而又不得不远离诗歌，我最后选择了散文写作。在退休前，因为教学和带学生，我少有闲暇，散文写作很少。退休之后，有时间了，我于是写些散文。散文与我有缘，我最早发表作品是介乎诗与散文之间的散文诗，它成了我文学之旅的初步。这样，当我写诗不成而又“有话要说”时，散文就成了我传达心情的一个方式。

一般人以为散文好写，因为它的“散”。这是认识的误区。散文看似散漫，可以信马由缰，其实不然，散文写作有它的特殊性，即在看似无序中呈现有序，如茧抽丝，千回百转，却是一丝致顶。散文写作难度高，它要求在看似随意中有内在的整饬，它甚至要求结构的“严密”，怎么立意、怎么开头、怎么展开、怎么结束，都要有缜密的安排。

大家都知道，文学创作的基本要素是想象，散文写作当然也离不开这一点。然而，我的写作经验甚至告知我：在诸多的文学写作中，散文的生命线不是想象，而是摆脱了虚妄想象的“真实”！散文是一种最接近写实的文体。

2022 年 11 月 24 日，北京阴晦，院门禁闭，车马绝迹。

国子监近邻一所庭院

中国原先没有新型大学，旧时只有官办的或民办的书院。中国的书院是教育机构，传授知识、培育人才、促进文化的传承、学术的进步和发展，靠的是这些书院。中国的书院为赓续和传播中华文明作出了巨大的贡献。学院的建立有它的社会基础，基点是民间广泛的童蒙教育，读书识字，普及文化，民间有积极性。我幼时的记忆，是乡间或邻里的先生利用自家或公共的房屋自行开馆授徒。课本从《三字经》《百家姓》开始（记得我读过《幼学琼林》），直抵“四书五经”。因为这些老师都是旧学出身，说不上传授新知识、新科学。晚清以前，遍布乡间和市井的私塾，是学院盛行的基础。

旧日的学院，主其事者多为当时当地饱学

之士，也有声名赫赫的当世名儒。这些人学问等身，影响巨大，他们开堂设课，传经播道，慕名而来者络绎不绝。中国的书院起于唐、宋而盛于明、清。史上说的“立雪程门”应该是此中故事。朱熹是儒家学说的诠释者和推行者，他是孔门弟子以外唯一能入祀孔庙的人。他在八闽大地设馆讲学，行迹所至，书声盈巷。朱熹祖籍不是福建而生于福建，在我的家乡，他被视为福建的骄傲。从武夷山到泉州，我们都可感到他的存在。舒晋瑜最近有专文谈到书院制度在当代的兴起和延续，她写了历史悠久的岳麓书院、淮河书院和花洲书院在当今的状况。她提到20世纪80年代书院在中华大地的复苏。在传统的书院中，岳麓书院创建于北宋开宝九年（976），是影响远大的一所古书院。遗憾的是我至今尚未拜谒过岳麓书院，但它的门联“惟楚有才，于斯为盛”，却为我所熟悉。它那气势的雄大，坚定的自信，很让我神往。

因为受到朱熹的影响，风气所及，旧时家乡的书院也是遍地开花。福州闻名的三坊七巷，近年也修起一家耕读书院。耕读传家，文化兴邦，其意深远。我出席过耕读书院的揭牌仪式，并荣幸地被聘为书院的名誉院长。我没为书院做过什么贡献，但他们却是始终惦记着。令我感动的是，最近还得到他们集体签名的给我的贺联："延年益寿，九秩诗心福长乐；松盛兰兴，百龄文薮爱永安。"联中的长乐和永安都是家乡地名。永安是战时福建省府的驻地，长乐还是我的祖籍，这是闲话。因为事关书院在当今的重建，我这里要介绍的是一所北京新建立的书院。前些日子我应邀访问了这所书院，它的新与它的旧、它的传统与现代的完美组合，构成了一道美妙的景观，引起我的注意。

这院落究竟是谁命名的？是谁选定的院址？它的建筑又出自谁的创意？我断定这背后有高人的筹划和指点！庭院坐落在皇城的核心，这里乃是寸土寸金之地。箭厂胡同往南，是国子监街。街上的孔庙矗立着杏坛和泮池的牌匾，更有国子监瑰丽华美的牌坊，它们装点着京城昨日的辉煌。这院子和闻名遐迩的国子监只有一墙之隔。每日的清晨，国子监辟雍金顶的第一线辉光，总是适时静静地洒满了它的游廊和花阶。箭厂胡同往北不远，是五道营胡同。由此往东百十步，便可望见雍和宫金碧辉煌的屋顶。每当清晨或黄昏，香烟缭绕、钟磬齐鸣，法号吹起，传来的是天际的梵音。

这庭院有个很响亮也很庄严的名字：翰林书院。敢以翰林命名的书院，肯定不是一般的去所。翰林者，翰墨之林，文翰之林也，这名字洋溢着浓浓的墨香琴韵，它注定了是一处雅致而文采飞扬的文士雅集的场所。今天的翰林书院，让我联想到古代的翰林院。古代的翰林院其责在修书撰史、诰敕起草、经筵传讲，其名下集中了一批级别很高的文翰之士。它是宫廷掌管和起草文书的中心，更何况它的近邻就是国子监。国子监这个院子也不简单，它在历朝历代都是国家最高学府，又是宫廷管辖教育和领导学术的皇家机构。因此，如今新建立的翰林书院注定了是培养和积蓄治国安邦之士的“孵化器”。古代的翰林院可以留存和外派重要官员。这么一想，这翰林书院的今世前生，可是不同一般！

翰林书院由南北两座四合院组成，乌瓦粉墙，古典式的飞檐斗拱，配上现代材料组合的隔墙和屋顶，在阳光的辐射下，透明而敞亮。院内花砖铺地，花径曲折，园林小品，流水潺潺，伴着时花芳草，优雅而静谧。书院主人很有眼光，他们一下子看中了这地面。他们不惜投巨资租下了这片地。历时数年，南北两所院子相继落成，终于迎来了开门迎宾的日子。我有幸在书院所有工程完工之时受到主人的邀请。为了这一天，他们热情地展出了我的一本新作，数百册橘红色的书籍，被摆成一个心形的大展台，我很是感动。（随后，书院主人用微信向我报喜，他们的翰林书院获得2022年的世界凡尔赛建筑大奖！）在主人的陪同下，我参观了书院未来的藏书室。优等木材造就的书柜，顶天立地地排列着。因为是初建，书柜陈列的书籍不多。可以想见，在不远的将来，这柜子，这书桌，这台灯，这华美的座椅前，肯定是一派充盈着书香、花香和茶香的迷人风景！

临别的时候，主人殷勤嘱托我，他们要收藏和购买一批书籍，以备客人的阅读和研究，他们知道我来自北大，希望我为此开列一份参考书目，以便他们收集和购买。当时不及细想，我点头应允。不数日，微信催我，他们在等我的书单。我在大学任教，上课，带学生，会朋友，为学生和读者开书单、提供“必读书目”是常事，应当是不难的。可这一回不同，想想孔庙，想想国子监，再想想眼下的翰林院——翰林书院！我是在为翰林书院的“翰林们”开“必读书”啊！一向行动果决的我，这下可犯了踌躇。铺纸磨墨，举笔停空，下不了手！我不敢为今天的和未来的“翰林”开列这份“必读书目”。我深知我自己，有些事可以立即做，有些事是不可为的！后者，如眼下为新建的翰林院图书室开列书单，即是！我不敢。

2022 年 12 月 5 日于昌平。尽管瘟疫已成强弩之末，而北京仍在“严密防控”中。此时晴空万里，而街道依然静默。

海峡上空那一道彩虹

福建友人给我发来微信，是一张彩色照片：那是一座通往平潭飞架于海上的大桥。朋友告知，这座公铁两用大桥跨海峡的长度是世界第一，现在已经竣工通车。从省会福州上车可以直达平潭岛。这座大桥令我十分亲切也十分自豪，这不仅是因为大桥的起点是我的祖居地福州长乐的松下镇，而且大桥的终点平潭岛于我又有并不平常的记忆和交接。平潭这地方地位显要，它距离台湾的新竹只有六十八海里之遥，是祖国大陆和台湾距离最近的地方。如果天气晴好，从想象上讲，在平潭是可以用“肉眼”抵达台湾的。这几年为了促进两岸同胞的沟通，在平潭设了经贸新区，定期有祖国大陆直达台湾的轮渡往来。这样一来，两岸同胞求学、商旅、走亲、访友，较先前方便多了。

20世纪50年代初期，我人在军中，当了一名文艺兵。我的部队是人民解放军二十八军八十三师。八十三师师部设在福清，有下属部队驻守平潭岛。从福清到平潭，虽然只隔着一个窄窄的水域，但交通并不便捷。那时我在师文艺工作队打杂、跑龙套。我们的工作是编排文艺节目为战士服务，记得那次我们排了大型歌剧《刘胡兰》，要上岛演出。我们乘坐的是机动帆船，从福清到平潭，短短的行程，竟然走了一夜，我更是翻肠搜肚毫不含糊地吐了一夜。最近得知，这并非是我的娇气，这一片水域，风大、浪高、流急，是世界有名的三大风暴海域之一。事隔多年，记得是前年，我们在闽西龙岩做完活动，舒婷送我去机场。临上飞机前我想就道访问数十年念念于心的平潭。可是遗憾地被告知，风浪太大，无法上岛。平潭近在咫尺，我是念兹在兹，却是无情地拒我重访旧地。

令人感慰的是，眼下这张照片，还有这道

微信，一下子把我的念想化为了乘风破浪的一道快速的跨海大桥！战争年代，我到平潭，是为了慰劳士兵。太平年月，我不能重返旧地，是因为风高浪急。如今在我眼前铺展开来的，是海峡上空象征着和平、友爱、亲情的一道绚丽的彩虹。我是多么欢喜！我要借此机会，从北京坐时速三百公里的动车直抵平潭。我要上岛拜望我的从平潭走向世界、再从世界走向北大的高名凯先生的故居。我要感谢他当年《普通语言学》口试，“勉强”给我五分让我“过关”[①]的大恩大德。然后，我要从平潭乘坐海轮出发，当日抵达新竹，再从新竹来到台北，我要在热爱台湾、遗意埋骨于宝岛的二哥的墓前献上一束鲜花！

高名凯先生终身任教于北大中文系，他的轶事佳话甚多，我将另文记述。时近清明，缅怀亲人，关于我的二哥，不免要借此多所绍介。

① 北大当年为了向苏联的大学学习，学期考试采用“口试”，不用试卷。每逢期考或年考，教室里一桌一椅，师生一对一，当场抽题，略作准备，即席就题口头回答。老师据此再度质问，并当场判分。那一年《普通语言学》口试，我抽的考题是“语言与思维的关系”。

二哥谢宗傅是我们兄弟六人中品行和学问都非常优秀的。1945 年台湾光复，二哥只身东渡，来到台湾就业谋生。二哥文墨甚好，毕生从事文字工作，做记者，办报纸，他的工作颇得业界好评。二哥终生未娶，他爱家乡福建，更爱第二家乡台湾。为了报答台湾乡亲的温情守护，二哥临终留言：骨灰留存宝岛，不回大陆与父母家人团聚。

二哥单身一人远离父母在台湾生活工作，当年两岸隔绝往来，一别就是四十多年。直至那年我到香港开会，二哥专程绕道汉城来香港与我会面。兄弟重逢，二哥的第一句话就是哽咽着说“子欲养而亲不待”，紧接着掏出多年的积蓄美金一万元交我带回，嘱我为兄弟们的第二代接济家用。四十年后兄弟见面，他的第二句话就是：“我的每一个钱都是干净的！”

福建和台湾只隔着一道浅浅的台湾海峡，福建子弟赴台工作如走亲戚，乃是常态。我的二哥就是台湾光复后万千赴台谋生的福建子弟之一，不想因此而造成将近半个世纪骨肉分离之痛！记得当年，父母亲在痛苦的思念中经多人辗转收到二哥的一张照片，没有信件，只在背面写着“涛儿[①]叩请金安”寥寥四个字！父母含泪收藏此照，成为动荡岁月中的慰藉心灵的一件“秘藏”！

往事历历，不堪回首。作为福建居民，我们对这段历史感受最深，思念也最切！感谢一个新的时代，它的到来使我有幸最先享受骨肉重聚的幸福。现在，我的眼前陡然出现这道跨越海峡两岸的美丽彩虹，更给了我们对于未来岁月的一个无限美好的而且必将实现的念想。

2023 年 4 月 5 日，于北京昌平北七家。

① 我的二哥谢宗傅乳名涛儿，曾就业于中央通信社高雄分社、《自立晚报》等处。

我与紫藤有缘

——紫藤学堂记

记得早年读过一篇散文，是写紫藤花的，那时我还不识紫藤花，但是篇名却记住了，好像是《快阁的紫藤花》。快阁像是一个地名，风景点，记不清了。后来求学到了燕园，中文系的驻地从文史楼搬到了五院。五院有一架紫藤，沿墙垂门而挂。花开时节，一片紫玉铺天盖地，若是无尽祥云自天而降，又似万顷波涛奔涌而至！道不出、说不出的奇妙！无以言状，急不择言，倒是发自心底一阵惊呼：一架藤萝深似海！近年中文系又搬了新居，五院还在，紫藤依旧。燕京学院成了五院的新主人，董强院长是我们的老朋友，藤萝为媒，我们一下成了“亲戚”。紫藤是未曾明确的中文系“系花”，同时也是燕京学院的“院花”。美丽万端的紫藤总伴着我，我与她有缘。

世间万象，说大也大，说单纯也单纯，说巧也真巧。这些年我与我的中学母校有了较多的联系，学校廖素娟校长办特色班，已故的陈景润学长（他在初中高我一班）领衔数学班，我则是忝列文学班为指导老师。我和陈景润是中学校友。我们的中学母校是原先的福州私立三一中学，即如今的福州外国语学校。三一学校是圣公会办的，如今的校园里，旧日的礼拜堂前，也曾有垂挂如海的几架藤萝。今日保存完好的、当年的俄国领事馆前，年年也都有盛大的紫藤花事。福外的师生热爱紫藤花，也指定紫藤为校花。学校有个紫藤诗社，我被聘为诗社顾问。前些日子我曾亲临现场，为紫藤诗社授匾。就这样，北大中文系，燕京学院，加上三一中学，这些异时异地的诸般风物，因为一架盛开的紫藤而结成了“姻亲”。这岂止是花，这更是情，甚至还是历史！真的是：一架藤萝连接了过去、现在和将来，一架藤萝连接了继往开来的几代学人。

一席关于紫藤花的话题，如今被这样郑重其事地提出，皆因一座楼房的命名所引起。话有点长，还是长话短说。近日，福州市政府应福州外国语学校的申请，划拨了一座古厝给学校做关于文化和文学的展示活动场所。因为我曾给学校题赠“钟声犹在耳，此树最多情”的石碑，福州外国语学校母校念我旧情，愿意借此楼为我留点纪念。我深谢，并表达了私下的意愿，我的表达得到校市领导的谅解。话说这栋古厝也真有来历，古厝原先的主人是福州名产脱胎漆器的创始人沈绍安先生后人沈幼兰开设的沈绍安兰记漆器店。旧地址是沈绍安兰记原先的店堂和居所，已列入福建省的文物保护名录，目前正在修缮中。

沈绍安兰记，三层楼房，前店后厂，有房三十余间，占地七百余平方米，是一座砖木结构的华丽殿堂。我那天冒雨察看了施工现场，看到了它绕宅的室内游廊，还有游廊沿边的美人靠，甚是雅致。古厝的传人现已无考，房产已归福州古厝集团管理。前些时我和学生访问故乡，慎重地建议将此地办成南台岛上文化传播的新景点，成为我的母校师生学习教学的另一个课堂。为此我们对它的命名颇费斟酌。有的朋友希望取名采薇阁。了解我的人知道，采薇阁是我在北大创立中国诗歌研究院用过的名字。他们希望这座院落与朗润园的采薇阁保持一种延续性，从而给后学留下一种念想。这当然是他们的好意，而我则希望尽量淡化和消减事关个人的一些联想。

就这样，古厝摒弃了目下流行的以个人冠名的纪念馆或文学馆模式，最终以我建议的“紫藤学堂”定名。我们议定，今年就将揭幕迎客。这个学堂的建立和开放，对于我个人来说是圆梦的过程。现今的紫藤学堂，屹立于福州市仓山区的塔亭路上。周围几公里内，多处留下了我少年时代的足迹，那曾是一个早熟少年做梦的地方。由学堂往西数百步，位于麦园路上的麦顶小学（原先的独青小学）是我上小学的母校之一。麦顶小学所在的麦园路上，1948 年为纪念辛亥革命前辈黄展云先生而修建的鲁贻图书馆[①]仍然完好，那是我少年时可以免费阅读书报的场所。福州地处亚热带，夏季艳阳如火，鲁贻图书馆清雅静谧而阴凉温馨，是我这样一个穷学生当年避暑读书的好去处。几十年来，我总怀着感恩的心情怀念它。紧挨着紫藤学堂，马路对过，是梅坞。那里曾是一座梅林，冬日一片香雪海。我的语文老师余钟藩先生的家，就在梅坞的花丛之中。出梅坞沿立新路前行数百步，便是我的母校三一中学。我在那里接受伟大的爱心，并与当年的师友共度艰难岁月，是我扬起人生理想风帆的港湾。

紫藤学堂屹立在烟台山下，从那里可以眺望秀丽的闽江帆影。闽江悠悠流过万寿桥，在中州岛画了一个美丽的弧线。观音井下来便是下渡，那里出现一片楼台，银行、

① 黄展云，字鲁贻，早稻田大学毕业。曾任孙中山先生秘书。

海关、仓储、商铺、俱乐部和医院，记载着五口通商之后的喧哗。那一年，一个少年在烟台山下听到远方的召唤，真情向往“山那边好地方”，毅然走向硝烟弥漫的海疆。一别经年，心中放不下的是年迈父母的惜别泪痕，是这些念兹在兹的街陌楼台，以及那些山、那些水、那些镌刻在泥泞路上的模糊的足迹。

江流宛转，山影凄迷，屹立江滨榕荫下的紫藤学堂，正以感恩的心情迎邀来自四方的宾朋、莘莘学子和后学传人，欢迎他们与我一道回味那些年、那些日月、那些憧憬和向往。更欢迎学界同仁来此传道授业、读诗品茗。紫藤花盛，榕荫鸟喧，我等情重。可以瞻仰前人雅致，亦可以乱点时代风云，把酒桑麻，感慨时艰。近可对缕缕茶香闲话鸥鹭，远可以凭栏俯视万类，发思古之幽情。友朋雅聚，无关利害，此乃人生至乐！彼时彼地，也许我在，也许我不在，但我心总在！那么，诸位请了，我请诸位小坐片刻，暂时忘却周遭无尽的忧烦，饮一杯免费的清水，或品一杯并不免费的咖啡或茶[①]。

2023年8月12日，于北京大学。

① 借此机会，我有一段轻松的插话。20世纪某月某日，我怀揣25美元“批准外汇”参加国际会议。在伦敦大学，我欠了剑桥大学教授一杯答谢咖啡，愧悔至今。目下国人日渐富裕，再无我当年的“咖啡之叹”。故此处特标明“不免费”，此乃含泪之笑也。

花香果香书香

闽江自武夷山麓一路南下，开始是涓涓细流，江流婉转，染绿了夹岸山峦。建溪、沙溪，诸多的碧水清滩汇聚于山城南平，遂成巨流。这一派流水，洋洋洒洒，直奔东海，所到之处，一路花香伴着果香，茉莉、缅桂、柑橘、龙眼、荔枝、芒果，铺天盖地的香气氤氲。花果香一路伴随，这就到了三塔鼎立的省城，但见闽江从城中悠悠流过。群山夹峙中，一泓清流，映照着这里的佛塔和寺庙。从那里传出了佛号念诵之声。这就是我的家乡福州往日的风景，人称此乃有福之州。

有一首古诗唤起了我旧日的记忆："路逢十客九衿青，半是同袍旧弟兄。最忆市桥灯火静，巷南巷北读书声。"这里说的是除了花香果香之外，由满城的读书声夹带而来的另一种迷人的香气：这就是书香。这首题为《送朱叔赐赴闽中幕府》的作者是南宋的吕祖谦。诗人为我们带来了遥远年代的特殊的文化记忆。记得幼时，我家在城中三坊七巷的郎官巷。每天夜晚，市集散后，街巷寂静。此时家家亮起灯火，四围响起了琅琅书声。那是童蒙识字的读书之声，其声悠悠，其乐融融，我在其中。

像这样描写福州读书之盛的诗文，还有很多。谢泌的《福州即景》也写当年的盛况，当然，这是寺庙弦诵之声："城里三山千簇寺，夜间七塔万枝灯。"记得泉州开元寺有一副对联："此地古称佛国，满街都是圣人。"联是朱熹拟的，字是弘一法师写的，讲的也是寺庙。也有专讲读书的，表现了此地的风雅："当闲田地多栽菊，是处人家爱读书"（龙昌期）；"天涯何处无逋客，海上千秋有讲坛"（叶向高）。福州人认定，三坊七巷里有大智慧，"谁知五柳孤松客，却住三坊七巷间"

（陈衍）。

闽省旧称“蛮荒之地”，文化并不发达。晋室东迁，衣冠南渡，带来了中原文化，滋润着这一方土地。南宋偏安一隅，丧乱却意外提供了机会，造就了所谓的海滨邹鲁、左海风流。在宋代，一代大儒朱熹在八闽大地开坛授徒，极大地传播了儒家文化，播撒了几千年的中华文明。有宋一代，陆游、辛弃疾、蔡襄、曾巩这些名家，或为宦、或游历，都留下了他们的足迹和声音。他们是传播和繁荣文明的一代人，他们致力于当地文化的建设，正是由于他们的到来才使这片大地充满了生机和活力：“家有洙泗，户有邹鲁”，“比屋为儒，俊选如林”。跟随着前人的足迹，这里走出了柳永、冯梦龙等学者、作家和词人。他们有恩于这片大地。

八闽子弟也真的没有辜负先辈的期望。他们以自己的勤奋和智慧回报。福州后来因而成就了东南的全盛之邦，获“文儒之乡”的美誉。史载，在福州文庙保存的历代进士名录中，共有四千多人中举，其中有宋一代占了两千六百多名。在我有限见闻中，近代以来，福州人因好学和勤奋，造就了令世人瞩目的文化业绩：第一位“翻译家”是不懂外文的林纾，他在他人协助下“翻译”了百余部西方名著；第一位用外文写作文学作品的是陈季同，他的法文小说被翻译成英文、德文、丹麦文等多国文字，陈季同在巴黎高等师范学院演讲时，听众中就有罗曼·罗兰，他于是被写进了罗曼·罗兰的日记；再有，第一个翻译赫胥黎《天演论》的是严复，他对中国翻译界提出了至今仍是经典的“信、达、雅”的标准。福州人，就这样堂堂正正地走向了世界。

我本人也是在深巷的书声中告别了童年。童年是如此的令人怀念。难忘的是我幼年的记忆，我的家是平常人家，母亲是平常的乡间女子，缠脚，没有上过学，不识字，甚至没有一个正式的名字。但她十分敬重文化，“敬惜字纸”是她给我们的最初的，也是始终的家训。

母亲经常用雷公雷婆要打不敬字纸的人来“警示”我们。她目不识丁，却是随时俯身捡拾有字的废纸。母亲一生育有五男一女，家境虽是贫寒，却奇迹般地让所有的子女都读书识字。在福州，知书达理，目光向着世界是一个传统。因为方言复杂而全民学习普通话，是一般的气象。记得张洁对我说过，在福州没有语言的障碍，福建是全国普及普通话的模范。福建学子，包括福州人，在全国高考中总是有领先的成绩。

我常想，决定一个城市的悠久的生命力的，不是铺天盖地的高层建筑，也不是异常发达的现代科技设施，而是它的历史文化。一篇《岳阳楼记》使一座城市天下闻名，一座历史悠久的书院也是如此，因为“惟楚有才，于斯为盛”一副门联而令人向往。文化的传承是无形的，却是永恒的。幸好福州的三坊七巷在投资者的“虎口”下留下了余生，从而给我们保留了这值得自豪的记忆。而不幸的可能是帝京记忆中的东安市场，它的痕迹没有留下，连同它著名的闽菜馆“闽江春”，也永远地消失了。

2023 年 12 月 2 日，于北京大学。

友朋七贤

有幸结识吴思敬

相识吴思敬是我人生的幸运和福分。鲁迅说瞿秋白，人生得一知己足矣，斯世当以同怀视之。说的就是我此时的心境。我当然不敢妄比前贤，但心情却是相同的。我记不起来我们最初是如何相识的，但那时我们真还说不上深交。原先的北京师范学院分院中文系，一位年轻的文学老师，热情、敬业、很有学识，如此而已。记得那时他家住北京最繁华的街区，王府井的一个胡同：菜厂胡同。一个大杂院，弯弯曲曲的通道，通往他窄狭的住房。我住北大，路远，却是不辞辛苦前去拜访。我们在那里会面，吃饭，饮酒，闲话。他是地道的北京人，他教会我喝北京的二锅头。论喝酒，现在他不如我了，却真是我的领路人。后来他搬了几次家，芳草地，我也去过，除了论学，也喝酒。

我与思敬真正的相知、相识，是在20世纪80年代。那时世风大变，西单民主墙、《今天》出版、星星画展、新诗潮涌现，还有难忘的南宁诗会。我那时被潮流所推涌，写文章、发议论，惹人另目。大军压境，风声鹤唳，一时陷于“孤立”状态。1980年南宁会后，《诗刊》看准时期，开了“定福庄会议”，一时诸路人马云集京城。会议的主题是当时出现的“朦胧诗”。支持一方，我和孙绍振到会了；反对一方，主将是丁力，他的队伍庞大。会议开得激烈、气氛紧张。我素怯于言，不善辩，虽然孙绍振勇猛盖世，但依然力量悬殊。正是关键时刻，我方后卫突然杀出了两员大将，一员是来自成都大学的钟文，另一员则是来自如今首都师范大学的吴思敬！

那时的钟文和吴思敬，都是三十岁出头，风华正茂。他们的出现不仅给我以助力，也给我以惊喜。攻守双方顿时形势大变。现在的人们也许难以想象当年我们的处境：舆论偏执且呈高压状态；诗歌界的领袖人物几乎都站在我们的对立面；而且相当多的人诗歌观念已被积习所“固化”——新诗潮处境维艰。在会上，这两员骁将的出现使论争的形势急转，钟文的理论锐气自不必说，吴思敬显然是有备而来，但见他从容不迫地掏出他的一沓卡片，引经据典，连珠炮般地打向对方。他历数诗歌变革的必要性与必然性，坚持为当日出现的诗学变革辩护。正是这个定福庄会议，使我不仅在为人方面，而且在学术的准备和素质方面，重新认识了吴思敬。

就这样，我和思敬在“火线”上建立了深厚的友谊。在定福庄会议以后的漫长岁月里，我和思敬始终是学术上和事业上互帮互助的知交好友。我比思敬年长，他尊我，敬我如兄长。他在首都师大文学院和诗歌研究中心做着他的工作，研究、授课、写作、带研究生，成就卓著，影响深远。与此同时，他不遗余力地协助我办《诗探索》。北大成立诗歌研究中心、中国新诗研究所以及后来的中国诗歌研究院，他都是其中的一员，而且都是工作上的积极协助者和推动者。北大召开的所有诗歌会议和开展的所有诗歌活动，他都是最有力的支持者和协助者。思敬在首都师大有一个训练有素的工作团队，他无私地带着他的团队参与我的工作。我们情同一家。

这些年，我和思敬一起参加过许多国内外的诗歌活动，他辛勤培养了诸多博士生和年轻的诗歌研究者，可谓桃李芬华。同时，他又拥有为数众多的学术追随者。他在诗歌理论界的影响巨大，这都是我感到欣慰的。思敬性格谦和，心胸豁达。他待人以善，乐于助人。特别是对那些年轻的诗人、诗评家和诗歌爱好者，往往有求必应，他是诗歌界有名的“大好人”。在此一端，我与他也是心有灵犀，是认同并相通的。我坚信诗歌乃柔软之物，最终作用于世道人心，诗歌之用，首重广结人缘，使人心向善。也许这点易招人议，释之可也。

因为合作久了，我对他有充分的信任感。我主事《诗探索》多年，身边琐务甚多，多半办不过来，遇有难事，也多半推给思敬去办。再后来，干脆把《诗探索》的全部编务推给他和林莽了。思敬办事，我总很放心，也不多过问，由他自主。这也是我的一贯作风：不在其位，不谋其政。对人放手，自己也清闲。前面说过，思敬是尊重我的，遇有重大的事，他总会及时与我沟通。难办的事，他承担了，遇有“疑难杂症”，他也会与我汇通解决。我和思敬在这点上绝对和谐，我们总会在“走不动”时，或“忍”或“退”，于是天地顿时开阔，大家也都欣然。

我与思敬在工作上密切配合，在学业上互相支持。我先后主事的《中国新诗总系》（十卷）、《中国新诗总论》（六卷），洋洋千万字，都有思敬的加入与劳作，他不仅是我可信赖的作者，而且是我非常得力的助手。我的许多项目，没有他的鼎力相助是无法完成的，我的许多工作计划安排，他总是执行最认真的一个。为此，我认定他是敬我、知我、助我的理想的合作伙伴。单举《中国新诗总系》他主编的理论卷为例，他不仅按照计划写了数万字的导言和编辑后记，而且为了紧缩篇幅，在总数八十万字的选文中竟然不给自己留下一个字！

思敬办事的忘我和公心如此，使我对他格外地敬重！我只能感谢冥冥中的命运之神对我的恩惠，使我在这个美好而又艰难的时代，有幸结识了这样一位帮我一路前行的知心朋友。思敬著作丰硕，已是影响中国新诗界的卓然名家。近年，他为了纪念中国新诗创立一百年，先后与北大中国诗歌研究院合办纪念中国新诗一百年的庆典，并与我联名主编了纪念文集。目下他和他的团队正在做着一项重大的学术工程：长达数百万字的《中国新诗百年学案》。在此，我诚挚期待着这项创举的早日完成！

2021 年 4 月 20 日，历时前后跨越三年之久的疫情稍缓之日，于北京大学。

特别的古远清

在中国学术界，古远清是一个很特别的现象。他在一个不引人注意的“角落”，做着一种引人注意的学问。他的学术研究具有创造性和开拓性。据我所知，在祖国大陆和中国的台、港、澳地区，以及世界华文文学研究界，他的研究范围几乎涉及了这些地区的文学史、文学理论批评史、各种文类和各地区、各类作家的单独的、综合的和比较的研究。研究范围广是一个特点，而他面对的难度更多——各个地区意识形态和社会环境的迥异、这些地区文学生存状态的差别，以及作家作品的复杂性，更重要的是，他要阅读的作品和文献浩如烟海，而他却是从容应对，且游刃自如。他是如此的与众不同，从这点看，他几乎就是不可替代的“这一个”。

前面我说的“角落”，丝毫不带贬义，指的是他长期服务的学校，这所学校的全称是中南财经政法大学，一所非关文学研究的高等学府。这所学校也很“特别”，它为了“挽留”古远清，居然“因神设庙”，专门成立了特别的机构“世界华文文学研究所”，并委任古远清做了所长。学校提供可能的条件，让他在这里呼唤四海宾朋，开展他的几乎不见边际的学术研究。古远清所在的这所学校，不居一线的位置，而古远清的学问却做到了一线学校甚至做不到的广度和深度。从这点看，这所大学因它“特别”的眼光而取得了“特别”的效果。用当下流行的概念，叫作“双赢”。

古远清没有辜负学校对他的信任。他的研究门类之广，研究成果之多，让人瞩目。他几乎每隔一段时间，就有一部编著问世。人们惊诧，他要教学，还要出席会议，他的写作和编辑的时间从哪里来？我看，特别的古远清的秘诀无他，就是特别的勤奋！古远清就这样，从容不迫地应对着纷至沓来的文献，埋头做着他的学问，教书、参加会议、写书和编书，以及整理资料。

他做学问不仅从容，而且快乐。我知道许多学者做事很勤奋，也很苦，往往愁容满面，但古远清做事很快乐，他把艰苦的工作做得有滋有味：发言，行文，总是语带幽默，诙谐而有趣，此乃他治学的特别之处。他经常“自问自答”，还有他的拿手好戏——“学术相声”，都是他的特别之处，也是学界的一道特别的风景。往往许多严肃的话题，经他“特别处理”，顿时充满了趣味。古远清做的是快乐的学问。为了逗乐，有时他也会“编造”，例如他“编造”过我给同窗洪子诚的退稿信，这种寓庄于谐的“造假”，被“造假”者也都知情，往往会引发众人的会心一笑，大家于是开心，于是知道做学问是天底下最开心的事。

但以上说的并不影响人们对他的学术定位。古远清有严肃刚正的一面，他是学界的诤友，甚至是我的老师吴小如先生自豪的“学术警察”。他经常为朋友指出史料的谬误，他更不容忍学术上的虚伪。前些年他与某一名人著名的“官司”，事情并不涉及个人恩怨，对此，大家也是了然于心。这位爱说笑话的特殊的学者，也因此获得不抱偏见的学人的尊敬。

这位姓古的、行为有点“特别”甚至“古怪”的人，知道他的为人的人都会喜欢他。他是文学家，也是理论批评家，更是一位广泛联络大陆和台、港、澳和世界华文文学界的友好使者，也是一位国内为数不多的世界华文文学研究家和资料收集家。喜欢严肃的人们可能不喜欢他的不够严肃，然而，我总认为，做学问应当允许有个性，不应当千人一面。

2021 年 5 月 24 日，于北京大学。

走在前列的身影

——在严家炎学术思想研讨会上的发言

他引领了一门学科

1957年，时年24岁的严家炎以同等学力考入北京大学中文系，成为攻读文艺理论副博士研究生，师从杨晦、钱学熙教授。不久，由于工作需要，他被改任中文系教师，从此开始了他的中国现代文学的教学和研究工作。1960年严家炎为中文系1957级讲授中国现代小说课程。这一年，严先生完成关于《创业史》的第一篇论文，并发表在《北京大学学报》上。

往后数年，他被安排参加现代文学史教材

的编写工作，开始协助主编改稿。在这些工作中，他一直是唐弢先生的有力助手。严家炎的才华、学养与能力得到导师的器重。1964年《中国现代文学史》初稿近六十余万字完成。严家炎协助主编修改、重写、整理这些文稿。这一年，主编唐弢先生突发心脏病住院，严家炎接力主编未竟的工作。

其间，社会动荡，业务受阻。严家炎没有中断他的研究工作，在艰难中先后写出《关于梁生宝形象》《梁生宝形象和新英雄人物创造问题》等论文。严家炎因他丰厚的学识和优良的工作，为北大和学界留下深刻的印象。1989年12月13日，王瑶先生在上海病逝。1990年，在杭州举行的中国现代文学研究会年会上，严家炎以他杰出的学术贡献和影响力，接替去世的王瑶先生被选举为会长。

严家炎秉承唐弢、王瑶等一代宗师的学术传统，开始立足中国现当代文学的学术领域。由于他的勤勉和会心，他很快就赢得学界的承认，成为这一学科的标志性人物。他的务实求真的言行准则与北大学术独立、思想自由的立校精神相结合，引领着中国现当代文学学科以及北大中文系（他长期担任中文系主任）科研教学事业健康发展。

严上还要加“严”

严家炎有鲜明的治学风范。概而言之就是：严谨的求证，严密的表述，无处不体现着他严格的学术精神，也无处不发扬着他严正的言行立场。严谨、严密、严格、严正，一个“严”字贯穿他为人、为文、立论、行事的一生行止。我注意到，《严家炎全集》十卷的安排，第一卷不是写作较早的“知春”，也不是我们熟知的、最能体现他的治学精神的“求实”，而是不按照年代排列的系列的“考辨”文章。将“考辨”列为十卷之首，显然是作者特意安排并着意强调的。

《考辨集》收集了严家炎最重要的一批文章：《中国现代文学的“起点”问题》《新体白话

的起源、特征及其评价》《五四“全盘反传统”问题之考辨》《〈文学革命论〉作者“推倒”“古典文学”之考释》等。这些，都是我们这些从业者耳熟能详的一般“不疑”的、或“人云亦云”的，甚而已是“定评”的问题。然而，严先生偏不：“从来如此，便对么？”他要寻根刨底，偏要在众人不疑且多半有结论处提出疑问，并锲而不舍地往深处开掘，从而寻求真相和真知。

举例说，关于中国现代文学的起点，都说起自五四，严先生认为“似有不妥”。他列举黄遵宪、《老残游记》《孽海花》《海上花列传》，特别是陈季同小说《黄衫客传奇》的实践，提出现代文学的起点应当提前到19世纪80年代。他称自己的这一论断是他为现代文学史研究奠下的第一块“基石”。考辨成了严先生治学的重中之重，是他学问的前锋。关于严先生的治学与为人，年来谈论颇多，其实无须多言，用他的姓名即可概括。人们戏说他是“严上加严”，简而言之，即自始至终的一个“严”字。严先生告诉我们，做学问不能讨巧，必须下真功夫、苦功夫，必须严上还要加“严”。

严先生是最早、也最坚定肯定姚雪垠历史小说《李自成》的学者，他写出了长篇专论《李自成初探》。为此目的，他反复阅读原作，阅览《明史》相关部分，以及明末清初的诸多野史。没有充分的准备，严先生轻易不会发言，更不会下定论。“我尽量谨守着这样一条原则：让材料说话，有一份材料就说一分话，没有材料就不说话。”（严家炎：《时代催生文学的现代化》，《文艺报》2021 年 6 月 21 日）他的话坚定而自信，对于我们无疑有着极大的警策意义。

雍容中见奇崛

严先生为人儒雅、沉潜、思维细腻，平时语气轻缓。初识，往往给人以不苟言笑的印象。事实并非如此，这往后再说。先说治学，他对人、对己，尤其为文、立论都极为严苛。但他绝非四平八稳之人，有事实为证。柳青的《创业史》问世，舆论一片叫好。叫好的基点，在作者创造了梁生宝这一代表时代潮流的“新人”形象上。严先生经过认真阅读、思索，论定《创业史》中最成功的形象不是梁生宝而是梁三老汉。（严家炎：《谈创业史中梁三老汉的形象》，《文学评论》1961年6月）20世纪60年代初、中期，中国文化界和学术界是什么氛围？过来人心知肚明。严家炎这篇文章的写作和发表，显然“不合潮流”。他的严肃的思考所体现的“学术”和“审美”精神，显然具有很大的挑战性。事实是，他的“学术”冒犯了“潮流”！在这点上，你可以说他“迂”，但我却读出了他令人起敬的刚正！

严家炎求实的学术精神，作为学者的勇气所显示的理论锋芒，就隐藏在他那有条不紊的和从容不迫的姿态中。这就是我们面对的严先生。他的学术行止远不止《创业史》这一端，它贯穿他治学的全过程：关于萧军批判，关于丁玲《在医院中》的辩证，关于巴金《家》的评价，以及他主张将鸳鸯蝴蝶派和旧体诗词入史，等等，均闪现着他坚定的理论立场。这种理论的锋芒，尤为突出地体现在他对金庸武侠小说的评价和定位上。1994 年 10 月 25 日，严先生在北京大学授予金庸荣誉教授会上致辞称："一场静悄悄的文学革命"。当日可谓"语惊四座"，而他坚持，证明他一旦认清了事实，他就有勇气不容置疑地、尖锐而果断地判断并立论。

始终前行的身影

严家炎在多次接受记者访谈中，总是对学术的前途充满信心：真诚永远不会老，"严寒"过去是新春。他的表面上严肃的叙述，内里却是充满温馨和热情。北大中文系在反"右"中有过一个"同仁刊物"事件，一份拟议中叫作《当代英雄》的刊物，几乎一网打尽全系的青年教师和研究生成为右派。时隔多年，严家炎不忘故人旧事。他为此写《五十七年前的一桩冤案》。这篇文章，严先生一改历来行文严肃的习惯，劈头就是："1956 年，仿佛是个没有寒冬而只有暖春的年份。"这不是一般的抒情笔墨，严先生笔下饱含了沉重和忧思。当年这批青年才俊，正是受诱人的早春气象的鼓动而陷入苦难的深渊的！

除了大家熟知的"严上加严"，严先生还有一个绰号"过于执"，简称"老过"。"过于执"是当日流行的一部戏曲中的人物，指他遇事死板、固执。这正好"套"上了一个"严上加严"的严先生。"老过"在鲤鱼洲农场用皮尺"精密"丈量田埂高度的"事迹"广为流传，一时成为"美谈"。这不是"八卦"。说真话，先生有时行事是有点"执"，不是固执的执，而是执着的执。执着于他的文学信念，执着于他的审美理想，对此，他是分毫不让的。但一般行事他都没有"过"，说他过，是夸张了。鲤鱼洲逸事，他只是错把农事学术化了。我对严先生的总的评语是："执近于迂，终及于严。"我对他是充分理解的。

我与严先生在北大共事数十年，深知他是一个言必严、行必决的人。我从他身上不仅学到做学问的道理，而且学到做人的道理。他在我们这些同辈人中，是最早在学问和事业上取得成功的人，我始终奉他为鼓励前进的榜样。

我们尊敬的严家炎先生，他在学术和事业上走在队伍的前列，也在人生和社会责任上走在队伍的前列。致敬始终勇敢前行的严家炎先生。

2021年10月10日写于北京大学中文系，10月16日改定。

铁骨铮铮一巨树

——怀念牛汉先生

牛汉先生是典型的北方人，身材魁梧，高高大大，皮肤粗糙，声音宏大——是宏大，我这里避开了通常的洪亮，他的声音也是粗糙的，有一种天然的艰涩——是艰涩，我在这里又回避了通常的流畅。听先生说话有点费力，话从他的口发出，总像是一股流水被塞阻，每次开口都像是一种艰难的冲决。和先生相处久了，习惯了，听他说话就不费力，却是别有一种家常的亲切感。先生的体态、举止、言说，他的总体的造型就是一棵饱经风霜的、为无边的苦难所磨损的、幸而艰难活下来的一棵老树。

这棵树，不选择潜深秀丽的幽谷，而总是不由自主地选择高高的、无遮掩的山顶，和那些不避风霜的岩石一道，和那些直薄云霄的鹰隼一道，选择裸露，选择飞腾，明知道风大无边，明知道冰雪弥天，但他无畏，即使摧折也不躲避。记得先生有名篇《悼念一棵枫树》名世，他就是这样一棵枫树。湖边山丘，最高最大的一棵枫树被砍伐，整个村庄，一片山野，“都颤颤地哆嗦起来”，“一棵枫树 / 表皮灰暗而粗犷 / 发着苦涩气息”，先生深情地哀悼这棵被斫伐的树，他为此写了题记：“我想写几页小诗，把你最后的绿叶保留下几片来。”然而没有，不能。

牛汉名如其人，忠实如牛，辛劳如牛，坚忍如牛，他的命运注定了就是耕耘、劳作，把血汗流在亲爱的大地，滋养万物！同时，也是他的名字所昭示的，他又是一名响当当的、行不改名的硬汉子，即使摧折，即使暴虐，甚至是牢狱之灾，他不回避，也不弯腰！正直的牛汉，倔强的牛汉，眼里容不得半粒沙子的牛汉，说他是中国最有骨气的诗人，他当之无愧！

牛汉的耿直和执着，他的正直、无私的秉

性不可冒犯，他要愤怒起来，足以令举座为之失色！我记得清楚，有一年诗歌评奖，我和他同为评委。评到一位军旅诗人，从外面（当然是上边）来了干预，牛汉闻知，怒不可遏，公开声称，若如此，他将退出评委会。“老爷子”发怒了，这可怎么了得！记得是高洪波，当时的《诗刊》主编，为挽救局面，临时做了处置。“老爷子”这才熄了火。先生骨子里是清高的，容不得半点虚假，他特别鄙视那些谄媚和逢迎。有人说他“自高自大”，他直言不讳：我就是高高大大，我鄙视你的渺小！

也是相处久了，我从他的粗犷和倔强中发现他的温柔。那些年诗歌界活动多，我们经常一起出席活动。他很随意，面对屠岸、张志民、蔡其矫、李瑛、绿原，以及郑敏、袁可嘉，这些诗歌界的朋友，也许经历不同，也许风格各异，他谈笑自若，相处甚洽。他长期担任《新文学史料》主编，对所有的各种流派的作家作品，他秉公处理，不怀偏见，都持开放兼容的态度，由此可见他的宽广的胸襟。先生对我们这些晚辈，更是爱护有加，他勉励我们，从无严词苛责。他高兴起来，会在他的小本子上，为我们画素描——先生是个画家。先生爱护我们，我们由衷地敬爱先生。

在中国诗歌界，我们觉察不到他的严厉，和先生相处没有界限，我们在他面前也是“没大没小”的随便。朋友们陪先生治牙，帮他料理一些生活琐事，有沙光，有刘福春，也有林莽和苏历铭，我们让他感到温暖。先生后来住进太阳城公寓，那里便成了我们欢聚的场所。每次访问，先生就在公寓食堂请我们吃家常菜。先生不讲究，我们心安。和先生在一起的日子，是我们最快乐、最幸福的日子。每一次太阳城的聚会，都是我们的节日。最难忘太阳城食堂的馅饼，皮薄馅大，外脆里嫩，我们爱吃，也常去蹭饭。后来，去的次数多了，就产生了感情，我们办起了“国际馅饼大赛”，太阳城就成了“著名的馅饼大赛”的发祥地！

先生早年参加革命，虽屡遭挫折，但他铁骨铮铮，信念弥坚。他和绿原先生担任主编的诗集《白色花》，保留了受到迫害的“胡风集团”诗人的代表性作品。这诗集如今已成为一部经典。在干校的逆境中，先生坚持“地下写作”，他是中国诗歌界“归来者”诗人的先驱。他的诗歌最真实地传达了晦暗岁月中的带着泪水和血腥的记忆。他的诗作已是伤痕文学和反思文学的先声。

读先生那些被称为“地下文物”的化石般的作品，我们感知了那个欲说还休的年代。他在《麂子》诗中表达了某种特有的警惕，他用过来人的警觉，表达他对那些缺乏生活经验的天真的“不知者”发出警报：麂子，不要朝这里跑，阴险的枪口正对着你！这里，先生表达了他轻易不露的爱心与柔情。先生写诗，总是“粗糙”的和“狂野”的。他总是面对着充满血腥气的现实。他不粉饰现实，也不回避苦难。《华南虎》写的那只笼中虎，每个趾爪都是破碎的，凝结着浓浓的鲜血：“我看见铁笼里 / 灰灰的水泥墙壁上 / 有一道一道的血淋淋的沟壑 / 闪电那般耀眼刺目。”他写那些被砍伐和被摧折的树，写的就是他自己。

牛汉诗中的意象，都有催人心痛的一股正气。名如其人，诗亦如其人。硬汉子的诗人写的是硬汉子的诗。读他的诗，不是用箫管，不是用丝竹，甚至也不是用铜琶铁板，而是要用惊天的大鼓和螺号伴奏！

那一年，先生九旬大寿，我们以最隆重的、民间的方式为他庆贺。热爱他的人们聚会在北京“798”艺术园区，我代表众人向他献上一束鲜花，并诵读了我起草的贺词：

敬爱的牛汉先生，我们今天能以这样的方式向你致敬，我们感到快乐和幸福。我们都读过你的诗。你的那些苍劲雄健的诗篇，丰富并且净化了我们的心灵。它教我们爱，也教我们恨，教我们如何勇敢地面对人生和命运。作为你的忠实的读者，我们感谢你。

你是中国诗歌的一棵大树。在艰难的年代，有的树被砍伐，倒下了。而你却是枝叶茂盛，四季常青。因为你总是站在高处，因此雷电也总是盯上你，你曾被雷击，身上伤痕累累。但你依然挺立，不俯首，不弯腰，而且依然坚持站在高处，站在可以看见云彩的山岗上。

你一身正气，铁骨铮铮，憎爱分明，从不畏惧。你那发自内心的强大的声音，坚定、勇敢，它始终激励着我们反抗暴虐，坚持正义。在不缺乏华丽甜美的今天，你的那些粗粝而充满活力的钢铁的声音，代表了中国的良知，它是当今中国的最强音。

敬爱的牛汉先生，因为你给了我们这一切，我们感谢你，请你接受我们真诚的敬意和祝福！（此文写于 2012 年 10 月 21 日，于北京紫玉饭店）

先生去世时，我因在病中，没有前往送行。伤痛中写了一副挽联，也不曾送往灵堂。我的挽联是：

不屈的华南虎，以破碎的利爪在坚壁刻下带血的诗行；

一棵枫树倒下了，它把清香永留在村庄的上空。（此联写于2013年9月29日20时，于北京大学）

2023年5月20日，为纪念牛汉先生逝世十周年而作，于北京昌平北七家。

履险如夷　终成大业

——浅论洪子诚与中国当代文学

盼望酒和永远的青春

在出席洪子诚和中国当代文学的学术讨论会的路上，我想起这位比我年轻的、在学业上做出了大成就，而且曾经与我患难与共的老朋友。我竭力回想他曾经向我转述过的一首诗，那是路翎先生的《盼望》。我是被这首非常朴素的诗篇感动了，在这里，我要请求编辑和读者给我篇幅，让我全文录引这首不长的诗篇：

盼望着各样正直的事业取胜

盼望着新来者和归来者叩门出行者启程
盼望着升起新时代的信号
盼望着找到旧时代的钥匙
盼望着读完市场的重要书籍和预先知
　道明日人类的著作
口渴的时候盼望水
忧愁和快乐的时候盼望酒和永远的青春

盼望与亲爱的朋友
与闯开新的道路者
开辟新的路
坚持和持恒奋斗者
瞥见新的闪电和知觉新的风雨
在新的崇山峻岭、平原同行
盼望于中国平原的最深处

记得洪子诚在引用此诗时曾说，“酒和永远的青春”是属于我的。这有点不妥。的确，我们相处数十年，共过患难，共同度过漫长的忧愁岁月，但我们始终“盼望”，盼望着黑暗过去，盼望着光明到来，盼望着学术独立、思想自由。而陪伴我们的，始终是“酒和永远的青春”。所以，我认定路翎先生是为我们一代人而写的。

路翎先生的遭遇和他坎坷的生平，大家也都熟悉，不容我来饶舌。我们感到温暖并感到幸福的是，这些勇敢的、坚决的前行者，我们的前辈，是他们屡经灾难而始终不屈的灵魂，始终鼓舞着我们前行。我记得初读此诗时的激动，由“盼望”而想起它的姐妹篇，那是蔡其矫先生的《祈求》：“我祈求跌倒有人扶起，我祈求爱情不受讥笑，我祈求知识有如泉涌，每一天都泉流不止，而不是这也禁止，那也禁止，我祈求歌声发自每人胸中，没有谁创造模式，为我们的音调规定高低。”

此诗结句最让人动心：“我祈求，总有一天，再没有人像我作这样的祈求。”正是怀着这样的“盼望”和“祈求”，洪子诚和我们怀着共同的愿望，一起创建了并走进了中国当代文学这座陌生的甚至是“危险”的殿堂。

一个"最没有学问"的领域

在中国学术界，说得窄一点，至少是在往日的北大中文系，一般都认为中国当代文学是一个"最没有学问"的学科。历史短暂，缺乏"经典"，政治介入频繁（意识形态的遮蔽和充斥），不及其他学科的深厚、悠久、稳定。这多半是事实，并非偏见。记得王瑶先生给我们讲现代文学，学期末了，给我们留下一个诸如赵树理或《太阳照在桑干河上》那样一些"光明的尾巴"，就告学业完结。那时是20世纪50年代，当时的确历史短暂，作家作品不多，构不成一部文学史。再加上政治介入多，批判活动也层出不穷，几乎到处都是禁区，容易"触雷"，令人望而生畏。

但北大是最先感到了建立"中国当代文学"新学科必要的学校。它率先成立了与现代文学并列的、独立的教研室，随即着手编写相关教材。我们几乎白手起家，编写并出版了《中国当代文学概观》和教学需要的辅助教材，开设必修课、建立选修课，接着是招收研究生，建立博士点，后来是建立博士后流动站。洪子诚参与了建立独立学科之后的所有工作。他是北大当代文学学科的创始人、建设者和把当代文学学科推向全面发展的居功至伟者。

在这期间，洪子诚开始潜心进行他的教学和科研活动，上课，培养研究生和博士生，进行广泛的国际交流。正如会议主持人介绍的，他的《中国当代文学史》已经有了十多种外文译本，影响巨大。围绕着这个新学科，他开展了包括史料整理和应用、研究方法和作品筛选集聚等的一系列全面的工作。特别是他极大地拓广了学科的研究空间，例如当代文学和外国文学，例如百花时代和“文革”文学，特别是近期推出的文学的“苏联化”和“去苏化”，等等。在这个领域，他于是得到公认，这是本学科风格独立、知识丰博、发展全面的领军人物之一。

在这个领域，洪子诚的特殊贡献是：在曾

经号称“最没有学问”的领域，在纷繁庞杂的意识形态的夹缝中，他不仅发现了美，发现了文学和诗，而且由于他的深挖穷究，从而不仅“发现”了学问，而且造出了大学问。他是在中国当代文学这个小角落，发现而且开拓了一个大天地的创业者。他于是也成为一个独立的、全面的，也是不可替代的和难以超越的学问家。

一个低调的学科带头人

洪子诚是一位治学严谨且风格独特的学者。他的行止不同凡响，用两个字即可简单地概括，那就是：低调。他的治学用得上“不声不响、埋头苦干”几个字加以形容。这次出席关于他的学术研讨会，走向会场，浮上心头的是如下一段话：“夫虚静恬淡寂漠无为者，万物之本也。”（语见《庄子·天道》）洪子诚做学问，全过程是不事声张，默默地做，他人不知。他做成一件，才宣布一件。所以，愈到晚近，他的学术愈成功。他愈是多产，变戏法似的发表新作，旁人便愈是为之惊呼。这种冷静而后的热乎的过程，让他的令人惊异的创造充满了神秘感。

我和他共事多年，也感受到了他的这种神秘感。现在的学术界充满了浮躁和夸饰的风气，自诩的和捧场的“大师”满天飞，而真正的学者走的是另道。洪子诚的研究，让人钦佩的是，他看似“无为”，实乃“有为”；岂止“有为”，实乃有“大为”，甚至是达到“为所欲为”的境界。从这点看，他不愧是得到真知的学问人。

就是这样，他变戏法似的不断推出他的新著，而且不受年龄限制地利用互联网时代的技术和空间，恣意地开展他的学术活动。他创造了同辈学者难以到达的境界。

一个履险如夷终成大业的学问家

前面我说过，做中国当代文学，是一个具风险的职业。身居其间者往往如临深渊、如履薄冰，担心言语不慎，受辱受惊，甚而身败名裂。但洪子诚是一个他自嘲说的“久经考验的小资战士”“它能够在‘不平安’的‘战场’平安地‘战斗’而且平安地到达和取胜”。

所以，他不仅是把一般人认为的“最没有学问”的领域，做成了一般人至今难以到达的领域，他是学科建立并使之扩展和完善的前行者和开拓者。更为重要的是，他同时也把曾经认为是一门充满危机和陷阱的学科，建成了可以游刃自如的、可进可出的安全之地。

我为我的朋友感到骄傲，我向他致敬。

2024 年 6 月 30 日，于北京大学中文系。

学者型作家　作家型学者

——曹文轩和北大中文系

三角地“初遇”曹文轩

那时中文系还不知曹文轩。那时他还在苏北的一个城市里务农或者做事。某一日，在北大三角地，一位从外地招生回校的法律系的王德意老师，她在我的面前停了自行车。她向我介绍了一位考生：曹文轩，爱写作，想当作家。他认为中文系是培养作家的。我说，来吧，欢迎！曹文轩于是经我的推荐就到了中文系。当年，新生换系是很方便的，没有后来那么难。当然，那时我还没见过这个年轻人。他在中文系读了三年本科，因为学业优秀，就留校当了老师。再后来，他很快评上了教授，也是很快，他可以带博士生了。

一个普通的本科生，没有学位，没有资历，在别的学校他的晋升可能很难。可是，在北大，一切都不受“常规”约束地顺行。这就是北大，这里有蔡元培和马寅初的传统。曹文轩一定会因这一切的“意外”而感到温暖，甚至感到幸运。他可能永铭这场发生在三角地的他所未曾亲历的“初遇”——它改变了他的命运。

中文系完成了曹文轩

我本人求学以致后来的任教，都在北大中文系。我当初也和曹文轩一样，是怀着美丽的“作家梦”来到这里的。入学之后，系主任杨晦先生给了我们当头一棒：“中文系不培养作家。”这话我琢磨了半辈子，直到自己成为中文系的一员，方才有一点点领悟，即作家的培养并非单纯的知识传授所能致效的。所谓的中文系“不培养作家”，不是中文系“不培养”，而是中文系“培养不了”。中文系和它的系主任认识到，作家的形成有多种基于先天的因素，例如生活的积累与体验，例如人生的理想与启悟，例如胸襟的博大，境界的开阔，以及作家的想象力，乃至语言的表达力，等等。上述那些，是后天的“教育”所难以到达的。

当年有一个刘绍棠，入学之前便发表作品，有点小名气。他是怀着作家梦来北大的。上了一年课，他觉得不得劲，和自己的想象不一样，第二年便遗憾地退学了。刘绍棠终究也只是原先的那个刘绍棠，直到离开，他依然不懂中文系。杨先生经常拿他的例子来开导我们。他很为那些目光短浅的年轻人扼腕叹息。在我的求学期间，他一再告诫我们不要学姚文元和李某某，“不要为路边的野草鲜花浪费心力”。杨晦先生声称，我们中文系是培养专家学者的。

深知杨先生经历的人都知道，他本身就是沉钟社的成员，是诗人，是小说家、剧作家，同时，他又是著名的文学批评家和文学理论家。他关于曹禺《原野》和关汉卿剧作的尖锐批评掷地有声。从现实和历史的角度看，杨晦先生领导的北大中文系从来没有排斥作家，不会摈斥作家。况且当日的中文系就有诗人林庚，小说家吴组缃，散文家川岛、吴小如，以及兼为文学翻译家的高名凯等任职其中。这些文学家的在场，非常有效地促进了中文系的发展和进步，也极大地扩展了学生的视野和文学的素质。

中文系期待着学者型的作家和作家型的学者。曹文轩的到来和他后来的达到，无意间践行了北大中文系的办学理念，他不仅创作丰盛，取得了大成就，而且在学术上，例如在小说创作理论、当代文学史和小说史，以及少儿题材创作理论上，也都获得了超越以往的杰出的成就。正是由于中文系的兼收并蓄的包容性和它不拘一格的办学理念，使曹文轩顺遂了他平生的追求和理想，所以我说：中文系完成了曹文轩。

曹文轩完成了中文系

接着就是顺理成章的，这就是曹文轩的成长不仅进一步阐释了杨晦先生的办学思想，也进一步实现了和促进了中文系梦寐以求的培养作家与学者双重身份的融合。北大中文系不仅应当在文学研究领域，特别是在中国文学史的研究方面在全国以至世界占有领先的地位，而且也应在文学创作领域作出重大的贡献。这才无愧于北大中文系在全国同类学科中起引领作用的地位。

从这个意义上说，曹文轩的到来不仅是他本人的成功，而且也是北大中文系的成功。中文系从此不仅可以为国家输送文学研究的专门家，而且也可以在文学和诗歌创作的领域培养出像林庚、吴组缃、朱自清、沈从文那样的学者型的作家。近年新建立的北大文学讲习所，由曹文轩领衔担任所长就是一个顺理成章的结果。从这点看，是曹文轩完成了北大中文系。

曹文轩著作甚丰，他的小说创作已达数百万字，且被翻译成数十种文字，他在这方面的影响是国际性的。他得过很多奖项，宋庆龄奖、鲁迅奖，最著名的是国际安徒生奖。在教学、写作、研究以及中国语文研究等领域，他已是国内外闻名的资深的教授、学者、作家、教育家。他获得的奖励是北大中文系的骄傲。

三角地“重逢”曹文轩

我与曹文轩相识并共事数十年，相知不谓不深，我知道他的成功不全靠天赋，而是勤奋，而是尽心尽力。别人也许不太注意他随身携带的小本子。每次开会他翻开本子，里面就是他为会议事先准备的发言稿。他总是有备而来。轮到他发言了，他从容不迫地打开他的小本子，侃侃而谈。令我惊奇的是他阅读的就是他的成稿——他是顺手写来即成文章。曹文轩的小本子凝结了他的智慧和勤奋。

这是一位真诚的学者作家。衣饰整洁，仪表堂堂，美善的追求，纯真的理想，他完美地构筑了他的文学世界，他也给我们一个充分想象的、理想的天空。曹文轩于是在他的学生中成为一个尊严的师长，他于是也在我的心目中成为一位实现文学理想的可以信赖朋友。我们相处相识已经数十年，我们在艰难岁月中结成诚挚的友谊。

也是那个难忘的夏季，我在三角地“重逢”了曹文轩。那时他已不是当年“初遇”和要求换系的年轻学子，他已经是一个为了真理和正义而勇于承担的北大人。难忘广告牌上一份小小的纸条，署名的是他，以及与他同气相求的朋友。还有，难忘学生食堂里那个悲壮的“宴会”。依稀往事中，迎难而上，不计安危，凸显的是引为骄傲的人生态度。他此时所展示的，不仅仅是学术和事业非凡成就，也不仅仅是蔡元培和马寅初的传统的继承，他让我有更多的联想，联想那些与这所大学堂相关的一百多年的追求和梦想，可歌可泣的历史、事件，以及不断前行的勇敢无畏的背影。

2024 年 7 月 17 日，于北京大学中文系。

家史、宗族史，更是心灵史

——读刘登翰《一个华侨家族的侧影》

相遇是缘分，相知要用一生的时间。刘登翰记得，我是在北大首先迎接他的人。1956年，一个秋阳灿烂的日子，刘登翰来北大报到。我在中文系新生的名册中寻找那个叫作刘登翰的人——因为我知道，他是一名记者，热爱文学，而且写诗。登翰来自厦门，我们是大同乡，又有共同的爱好，见面自是欣喜。虽然不是同一年级，因为志趣相近，交往日深，渐成知交。说的是百花时代，却是连绵的秋风秋雨。开始是大跃进，向科学进军，接着是没完没了的大批判，下乡、下厂劳动，思想改造。岁月无情，我们很快就到了离别的日子。登翰毕业，去向未明，前路茫茫。我刚毕业就被安排下放。风雨飘摇中，来日不可知，彼此心有戚戚。于是有了我和登翰的斋堂川惜别之聚会，此乃后话。

北大期间，我们一起进了北大诗社，在《红楼》又成了文友。后来六人集体写《新诗发展概况》，又在和平里《诗刊》宿舍“并肩战斗”了一个寒假。这些经历，更为我们的了解和深知奠定了基础。“十年动乱”的岁月，我们不愿回首。知道在各自的经历中都有难言之痛。所幸苍天怜我，劫后重逢，在各自不同的场合，我们又为中国新诗的复兴和进步，一起吁呼。我们不仅是学术上的同道，更是心灵上的挚友。

登翰近期完成了他的家族史的写作。他以单篇散文组合的方式，把一个华侨家庭和家族的历史，做成了一本大书。登翰文笔清丽，记叙简洁，加上他长于记忆，又做了扎实的案头工作，检索相关文史资料，从一个家庭的兴衰聚散，到一支族系的迁徙繁衍，他都有客观而翔实的叙说。因为涉及其中成员的涉洋“过番”，亲人们在远离祖邦的异国他乡，艰难创业，筚路蓝缕，山海空茫，在他的笔下均有着广阔而充分的展开。这些人们其间的步履维艰，漂泊行踪，歧路荆棘，每一字都是汗水和泪水浸染而成。我的阅读这些文字，从广阔的空间领悟到他们的迷惘和渺茫，又从叙述之细微处得到感同身受的酸楚与疼痛。作为读者，我于是悟到，以散文组合的方式同样可以成史。此种方式阅读起来，可能令读者更易于贴近人的心灵，从而唤起更广阔的共鸣。

在中国，我们的家乡福建是个独特的省份，濒临东海，面对台湾，自北而南，海岸线延伸全境。境内多山，少平原，加上终年海风的袭击，农作物并非它的长项，它不是农业大省。裸露在风沙中的贫瘠的土地，只能种些番薯和杂粮，有水稻，但产量低，基本上难以养活自己。福建子弟为了谋生，多半远离家乡，“过番”到了遥远的“南洋”。东北人走西口，福建人下南洋。为了谋生，乡亲们在外边辛苦劳作，也促进了侨居地的开发和发展。他们在国外开垦、种植、营商。无尽的漂泊，艰辛的劳动，把辛苦挣来的钱积攒起来，寄回家乡，用以敬老育幼。有了实力，他们就兴办教育，传授知识，使后代成为有教养的人。侨领陈嘉庚就是其中之一，他平生省吃俭用，以血汗换来的金钱在家乡办办教育。包括集美学村、华侨大学和厦门大学，都是他伟大的创造和贡献。

漂泊四海的福建人，为了谋生，把妻儿留在家乡，只身在外奋斗吃苦，使很多的家庭成为“空巢”。很多的家庭，因为男人常年在外谋生，留下父母妻儿守着空房。造成了无数的家族悲剧。登翰书中展现的，仅是福建万千家庭中的一个“侧影”，却也是一幕幕惊心动魄的家庭悲剧的书写。登翰借此以倾吐内心的积郁和伤怀。因为我不习惯电子文本的阅读，我只是零星片段地读他通过电邮送来的书稿。我最早接触到的是他写海轮上送别父亲的《鹭江道，那朵远去的云》。单是这一篇，单是这短短的生离死别的几页纸，作者向我们诉说了生命中永远的伤痛。在这里，登翰非常节制地使用他的笔墨，他没有渲染悲情，它甚至非常冷静地回述这个令人哀痛的画面——少年不知愁苦，少年不知此别乃是永远的痛！

在北大，我知道登翰在厦门中山路上有一居所。我们也知道那里生活着一生凄苦地养育他们兄弟的母亲。正是这窄窄的空间，登翰在那里开始了他艰难的人生。我们同学多年，甚至不知道这个家庭和亲人曾经的受苦和永别日后竟成了生存的“障碍”。那年他以出色的才华毕业回到家乡，分配工作的方案迟迟定不下来，他为此不安。后来得知，他的毕业分派表上写着“家庭关系复杂”的判语，并注明要“慎重使用”。为此，登翰以北大高才生的资格被打入另册：他被分配到福建一个偏远的地区的中学任教，一去就是十多年。因为这个“复杂”二字，他甚至为此丧失了最初的恋情。这一切，登翰从未向我们透露过。作为朋友，我十分内疚与自责，我未曾在他艰难时为他分担些毫！他只把镇定和雍容的微笑留给我们。他只是让自己独自默默地承受着家庭和宗族的遭遇给他带来的“重压”。他的这些经历，我只是这次在文稿的缝隙中零星得知。

登翰是一个内心非常强大的人。他能够独立承受巨大的生存压力，包括歧视、包括伤害，甚至包括屈辱。他没有为这不公的遭遇向人倾诉。他对这种不公的“视若无睹”，足以证实他内心的坚定和自信，他的承受与内敛的能力足以抵抗来自外界癫狂的暴戾！论年龄，我比登翰年长几岁，但我们是同代人。登翰书中写的，我们都能感同身受。早年的忧患，成长的艰难，连绵的战乱，无声的歧视与迫害。他曾经家住和就读风景优美的鼓浪屿，但是鼓浪屿也好，中山路也好，也都丧失了原先的模样。

登翰的家族是一个庞大的华侨家族。他们在客居国开发土地、创造财富、传播文明。但他们都是爱国者。他们中许多人，包括登翰的父亲，都埋骨于异邦。我看到他去菲律宾扫墓的全家照，家族亲和美满，非常感人。但是这背后却有说不尽的凄苦和别离，甚至在特殊的年代，反遭猜疑和诬陷！作为出身华侨家族的登翰，他的心灵所受的创伤是不可言说的。但是他们都是真正的和真实的爱国者。

登翰书中写的，以及他有意略去而不曾写的，其实就是一部真诚的爱国青年（直至如今的暮年）战胜磨难的心灵史。登翰写出了一本家史，一本宗族史，就他个人而言，我以为他是写出了一部心灵史。他把内心的复杂和悲凉放置于人们觉察不到的暗处，而把明亮的色彩，以及内心的坚定与热爱展开在我们面前。在我们的心目中，登翰就是永远地爱着、恋着、前进着的华侨家族的热血子弟。他无愧于他的家族和他的亲人，当然，他也是无愧于他的世代长于斯、耕于斯，最后埋骨于斯的中华祖邦。

2023年2月16日，定稿于北京昌平北七家。这篇文字始于壬寅而终于癸卯。这期间，正是中国大陆结束长达三年的疫情肆虐从而恢复正常生活的、可纪念的日子。

青春万岁

似 水 流 年

童年没有色彩

我来到这个世界，世界以贫穷和忧患迎我。五岁，1937 年，略有记忆，耳边依稀听得枪炮声和哭喊声，从遥远的北方传来。紧接着是离乱的岁月，为躲避敌机的轰炸，也为了寻找少花钱的学校，从这个小学换那个小学：化民小学、梅坞小学、麦顶小学、独青小学、仓山中心小学，我的童年就这样在不断的迁徙（真正的名称应当是福州方言“跑反”）中，在无穷的灾难中诞生并度过。现在的孩子都说童年是金色的，我的童年没有色彩，要有，那只能是灰色，甚至是黑色的。

有幸在小学的最后两年遇见李兆雄先生。在我的心目中，李先生是上苍派来的天使。他教我们语文，课余也教我们唱歌，开始唱“山那边好地方”，后来也悄悄地唱“你是灯塔”，也唱圣歌。他是一位充满爱心的基督徒，他内心善良也包容（尽管他信教，但他从不向我们“说教”）。圣诞节，李先生会和我们一起庆祝平安夜，请我们吃糖果。

艰难年代催人早熟。贫穷、饥饿，随时都可能失学的危机，多子女的家庭，我从小就分担着母亲的忧愁。要是饭桌上有几颗土豆，我会给自己挑最小的那颗。假日的“远足”是童年少有的欢愉，但因缺少零花钱，我总是托词回避。我用阅读诗篇来驱走内心的悲苦。诗歌于是成了抚慰心灵的朋友。

钟楼以及老榕树

很快就到了上中学的时分。1947 年，抗日战争结束，我该上中学了。家境如此，加上物价疯涨，我根本交不起昂贵的学费。李先生于是介绍我进三一中学。五口通商之后，外国商人和传教士涌入福州，他们办教堂也办医院和学校，三一中学是当年英国圣公会办的一所教会学校。学校的前身是圣马可学院。万拔文校长是一位诗人，我们的英文校歌是万校长作的词曲。万拔文回国，学校建钟楼纪念他，名曰“思万楼”，此楼至今犹存。三一是一所贵族学校，战乱，时艰，钞票不管用了，学费以大米代现金。李兆雄老师的大哥李兆铨先生当了我的担保人，他以校董的身份为我申请减免学费。就这样，拼拼凑凑，跌跌撞撞，我终于完成了初中学业。

我怀念这所学校，怀念这里的钟楼、教堂，还有小学部操场那棵老榕树。数十年过去，我不忘这一切。那年学校邀我为学校题词，我写的是：“钟声犹在耳，此树最多情。”这十个字，现在镌刻立碑于老榕树下。2021年，如今正式命名的福州外国语学校，建立以校友命名的特色班揭幕仪式，有以我和陈景润分别命名的班。我在致辞中谈道：三一以足球名校，我不会足球；三一以外语名校，我不会外语；但我享受了她博大的爱心，以及她给予我的心灵自由。

在三一，余钟藩先生在语文课堂上以福州方音吟诵《论语·侍坐章》，数十年余音如缕，他让我在迷人的音韵中体悟并赞美人生的真境界。是他和他的朋友林仲铉先生引导我走上文学之路。记得我还因书写清楚，与同班好友陶诚，曾被黎怀英先生选中为他抄写他创作的长篇小说，受到最初的文学熏陶。我发表的第一篇作品是初中二年级的作文，是由于余先生的评语而受到鼓舞的，它于是成了我文学道路的起点。

炮车隆隆向南

那一年的夏天非常炎热，太阳如一盆火球，照着这座南中国海滨城市。1949 年 8 月 17 日清晨，枪声稀疏之后，进城的解放军快步跑过我家后门的山道。这一年我十七岁，刚上完高中一年级课业的学生。我走上街头，大街两旁整齐地躺满和衣而卧的、长途奔驰和激战之后的士兵。他们赢得了一座城市，可是他们却和衣睡在街头。火一般的太阳晒着，汗水，泥垢，甚至还有血迹，就这样，他们听不到欢呼胜利的声音，更听不到获得解放的民众的称赞和感谢，他们沉睡在路边。

这情景我从未见过。我见过旧时的军队，但他们不睡街头。这露宿街头的场面使我受到震撼。1949年，福建首府福州解放。部队没有停留，他们继续向南，福州之后是厦门，厦门之后就是台湾。新中国在向我们招手！我听到理想召唤的声音。我不再忍受每年、每学期艰难筹集学费的悲苦，我也不愿重踏毕业即失业的老路，我要寻找光明新生之路。也是这一年，我在《星闽日报》发表向家乡和亲人告别的文字：新中国在向我招手，我走进了革命的行列！

炮车隆隆向南，步兵拥着炮车跑步向南。

南国的雨季，泥泞的公路，卡车和炮车的轮胎卷起的泥浆，溅满我不合身的军衣。步枪、子弹、手榴弹、干粮袋，还有我的日记本和诗集，这是我全部的装备。我把父母的泪痕和牵挂留在了身后，我把心爱的书籍请父亲代我保管。我开始了另一种，也是全新的生活。我在军队的职务是文艺工作队队员和文化教员。我几乎全部的时间都生活在基层连队。

最初的领悟

野战军二十八军八十三师文艺工作队是连级的建制，极盛时有二百多人。一部分成员是上海战役后从当地文艺团体参军的大学生，大部分则是像我这样福州解放后加入部队的中学生甚至是小学生。后来文工队整编，我被分配到连队，直至复员。在文工队，我被安排在编导组。我开始为适应需要写简单的演出材料，短剧、对口唱、快板、数来宝和歌曲等。这是平时，遇到行军或战时，我的任务是行走在战士的队列中用扩音器以歌声和口号鼓动士兵。

这样，我原先所受到的书本上的文学被“搁置”。我那时做的是最普通的、最底层的文艺普及的工作。文艺为基层服务，文艺为士兵和战争服务，这就是我当日所受到的革命文艺的启蒙与认知。我于是了解和领悟，当日文艺方针中的“普及”或者“思想性”，较之“提高”或者“艺术性”为什么总是“第一”、而非“第二”的简单而朴素的道理。

在连队，我的职务介乎士兵与干部之间，直至离队，我的最高级别是副排级。那时的士兵，大部分来自解放了的农村，一部分来自投诚过来的旧军人，他们都是文盲或半文盲的文化程度。我的任务是教他们识字和普及最基本的文化。办墙报、教唱歌、组织周末的连队晚会，写通讯报道等等，都是我的日常工作。我所挚爱的古今中外的文学艺术经典只能被冷落，或者被视之为“不健康”而受到贬斥。

岛上读书石

南日岛，现在从地图看去，像是撒在兴化湾上的一串明珠。当日却曾是残酷的战场。我所属的步兵二四九团一个加强连，在一次十数倍于我的偷袭中全军覆没，其中有我的几位朋友。南日岛告急，战斗就是号令，我们匆匆收拾识字课本和黑板，日夜兼程奔上了南日岛。统共十几个村庄的小岛，一下子住进了一个加强团，渔民们推卸门板，让出本来就不宽绰的住房给军队。我们的工作是挖坑道，死守阵地。

再战金门，解放台湾！是当日最紧迫的任务。但突然爆发的朝鲜战争，迫使我们把进军的脚步锁定在那一年，那一月，那一日。七十多年过去了，台湾的处境仍然是举国心头之痛！数十年后我与诗人痖弦相聚于台南成功大学的大榕树下，痖弦指着操场远处的一排平房对我说："那时我住在那里，司马中原和朱西宁也住在那里。我们日夜挖坑道，怕你们打过来！”痖弦知道我的经历，他笑着对我说这话。我回应他：“那时我在南日岛，也是日夜挖坑道，也怕你们打过来！”这就是“相逢一笑”，一笑间化解了昔日的恩仇。

记得那里有一位美丽的、脸上有雀斑的渔家少妇，记得那里有一块我曾在风浪平静时读诗写作的巨石，记得巨石背后就是我当日驻守的村庄——那时战事危急，一住经年，居然不知村名。随后几次登岛寻觅记忆，只有海鸥在戏吻浪花，只有刻着死去士兵的碑石屹立无语。往事悠悠，竟然不留丝毫痕迹，包括我曾经患难与共的村庄。

仓山梅林

到了 1955 年，我被奉命复员，而且不解释原因。事后得知，是部队要正式实行军衔制，我因为有二哥在台湾谋生，被认为是“海外关系”，不宜留队。记得是连里的司务长陪我吃了一顿告别饭，我领了三百余元复员金[1]，回到家乡福州。房舍犹在，父母老了。我要开始新的生活。感谢那时有一位女友陪我散步，说不上爱情，爱情是一个渺茫的梦。[2]我投书寻求职业，石沉大海；我于是决心以自己的实力，投身高考。

老屋背后有一座梅花山（现已荡然无存）。一片梅林，冬日梅花盛开，冷香氤氲，很是迷人。我约了也想同时应试的中学同班同学张炯（他也参军了）一起复习功课。全部的高中学业，我们自学完成。报考填志愿时，我坚持"非北大莫属"，我代他填写志愿：北大、北大，第三还是北大！结果我们同时被北大中文系录取，还是同一个班，学号也是连着的。

我用一个小女孩在草地上吹蒲公英的画面，来形容我与这所大学的相会的偶然，也是必然的机缘。如同当初选择军旅生涯而誓不回头的

① 记得参军六年总共得到三百六十元复员金。我将它分作三份，我给母亲一百二十元，报答她养育之恩；再以一百二十元，买了一只走私进来的二手瑞士表；其余三分之一留作自用。

② 离乡北上，也是这位女友相送于闽江轮渡码头。

决绝，我选择北京大学也是永世不易的决绝。1949 年和 1955 年这两年的同一个日子：8 月 29 日，是我人生两次重大的日子，第一个 8 月 29 日，我投笔从戎，第二个 8 月 29 日，我负笈北上——我无悔地选择了自己的道路！通常都要填写工作履历，我的表格除了“北大”，剩下都是空格。1955—1960 年，大学本科五年，1960 年以后，直至离休，以至于今，我的经历只有“北京大学”四个字。

遥寄东海

在北大，美丽的日子很短暂，动荡的日子很绵长。那年秋天，在东操场，露天的全校迎新大会。大家端了自己的小木凳来到会场。记得是时任教务长的周培源先生致欢迎词[①]，说：“我们聚天下英才而育之。”听了，有一种发自内心的感动和自豪！这种自豪感，开始乃是有

① 记忆如此，也可能有误，可能是严仁赓先生。

点浅薄的虚荣。后来相知深了，才知道是科学民主，是兼容并包，是学术独立，是思想自由，归根结底，是挥之不去的报国情怀，根深蒂固的北大精神！

1955 年，莫斯科大学模式，苏式五分制，五好班，三好生，劳卫制，还有布拉吉和交谊舞。1956 年，百花时代，乍暖还寒的早春时节，以及马寅初校长那微醺的、带着浓重的绍兴口音的元旦祝词。他说的什么不重要，重要的是那随性的、自在的、比任何言说都丰富的、神游物外的洒脱！马校长说话之后，是盛大的除夕舞会，大饭厅乐曲荡漾，彻夜狂欢！短暂的、稍纵即逝的欢乐！

1956 年，《北大诗刊》之后，我们创办《红楼》。我在这里结识了林昭、张元勋和沈泽宜。《红楼》创刊号封面，用的是国画《山雨欲来风满楼》。鬼遣神差，一语成谶，却是一个不祥的预言。其实此前，风已起自青萍之末：最早是

“我们夫妇之间”[1]，紧接着是红楼梦案、胡适案，而后是大张旗鼓的胡风案。到了我们写作《遥寄东海》，则已是一派狂风暴雨的气象了。《遥寄东海》是我和张炯两人合作，一人一段，细心一读，便知真的是“各表一方”。此文记述了我们当年的兴奋与惶惑甚至惊悸。抒情文字的背后，竟是斑斑泪痕。

春天的约会

乐声中断，舞会散场，岁月凌厉。前面说过，我没有童年，也许更可以说，我没有青春。十七岁正是人生做梦的花季，我为一个信念，辞别父母，尘封心爱的诗集和课本，把自己寄托给生死磨炼。二十三岁求学京华，天真浪漫，踌躇满志，天高地阔！随之而来的是事与愿违：批判与被批判，改造与被改造，斗争与被斗争。

① 这里有意不用书名号。指的是对萧也牧的小说《我们夫妇之间》的批判。

白专道路，个人主义，螺丝钉，以及无休止的“年年讲、月月讲、天天讲”！少有的欢愉，太多的凄厉。当然有一代宗师传经授道的教诲之恩，当然有风雨同舟、悲欢与共的友谊和爱情。然而，不可回避的事实是：我们为此付出了全部青春的代价！

一段悲情的文字记下了我当日的心情：那是一个肃杀的秋日，斋堂川的树叶已开始凋零，河边开始凝冰。满山的酸枣开始成熟，我们上山采了许多酸枣，算是对于这个秋天的纪念。别了朋友，前路茫茫，何日再见？我们没有想象，其实，再丰富的想象力，我们也不会想到，随之而来的长达十年之久的风狂雨暴！亲爱的朋友们，我们都是百花时代的弃儿，我们当日享有的，只有斋堂川中的那份别离秋寒。[①]

那一段历史，我们不堪回首，有人讳莫如深，也不愿重提。不提也罢，留下这一片长长的“空白”，供后人咨嗟和凭吊！有过这经历，

① 这一段文字，见我为1956级同学纪念册《此世今生未名情》所写的前言《我们曾赴春天的约会》。

我于是沉默。友朋聚会，我不愿谈论“苦难”，更不愿重听当日那些“时尚”的歌曲，我把俄文忘得彻底！在应当享受青春的岁月，我们被剥夺了青春！

悠悠此心

我写过许多文字，从小学开始记日记，为的是，练习写作，记述时事。每个字都是稚嫩，每个字也都是自由。每日一记，“风雨无阻”，从不间断。只有那不允许自由的年月，因为安全没有保障，惊恐，我被迫中断了这种书写。甚至，为自保，也为不拖累他人，武斗年月，趁着夜黑风高，我在“十二公寓”屋后，悄悄焚烧了徐迟先生给我的十多封文字优美的信件。我愧对恩师！这是我一生的耻辱。

我的所有文字，不论浅薄还是谬误，甚至软弱和“卑微”，我坚持“一字不改”。那年编文集，我重申此议，他们也都尊重。但后来，我提出要求：我只想改一个字。几位主编（高秀芹、刘福春、孙民乐）不答应，于是不改。①

伟大的人创造历史，一般的人只能生活在历史中。我的许多文字，记载了我的幼稚和肤浅，当然也有后来的成熟，那就是我的生命历程的记述，真实，没有伪饰。在生命的行进中，我可能犹豫、懦怯、隐忍，甚至被迫“世故”，这就是真我，活生生的这个人。为此之故，我不想改写自己写过的任何一个字。也许，这就是一个生活在近百年复杂多变而又历经艰险的历史中活过来的一个真实的人。

庸常经历庸常人

不知不觉地，人就老了。我觉得我不应该老，我还能思考和表达思考，还要享受生命的欢愉，我还想和我爱的以及爱我的人一起享受人间的温情，我还要做更多的自己喜欢做的事。

① 当年两岸互称“匪”，我在一些诗文中亦沿用之。

然而，岁月已经向我发出警号。我是一个凡事喜欢自己动手、不愿麻烦他人的人。只要我能，我会尽力帮助别人。平生不喜与人争，亦不善辩，最大的“优点”是不树敌，而且有一手“硬功”，我能“化敌为友”——我说过，鲁迅在世，一定会为我扼腕，甚而愤怒。然而，我只能是如此这般的我。

在日常生活中，我是个“好人”，随和，极少对人说“不”，尽管我内心对邪恶和不公洞若观火。只要我能，我就会尽力去做。但我曾经为自己立下了若干个“不”：不庆生日，不写自传，不开关于自己的会，也不编文集。这些“不”，坚持了许多年，但不幸正在被一一攻破，守不住了。那天老孟[①]认真地对我说：“关于这事，先生你不能说不，这不是你个人的事！”既然如此，我只能从众。例如现在这篇文字，也是学生“布置”的“作业”。

这不是矫情，是自省，是一种对自己冷静

① 老孟即孟繁华。在圈子内，无论师生，大家都如此“尊称”。“关于这事”，此处从略。

的“评估”和“定位”——一个普通的知识分子，一个平常的学者，庸常的经历造就的一个庸常的人。多年前，我曾认真地说过，世间三立：立德、立功、立言，我都做不到，凭什么要让人记住？

一生只做一件事

一生只做一件事，一件事用尽一生的心力。这是我对自己一生所做的总结。我幼时爱诗，而后读诗，且试着学诗，后来自觉地关闭了成为诗人的通道。作诗不成，退而研究诗。诗歌伴我一生。在大学，我学业平平，有一点勤勉，也有一些悟性，但终究只是一个庸常之人。而学问却总是认真地做。研究诗歌，特别是研究中国新诗，我有“发言权”。而我的“发言权”，却是用一生的阅读、积累、辨析和思考取得的。因为我学过、思过，辨析过，故我敢于判断，也敢于立论。

学海浩荡，我所能掬于手中的，只是其中的一勺水！到了晚近，我才顿悟，一个人不可能穷尽所有的学问。一般人能做的，往往只是沧海一粟！在近代学者中，我最倾心和景仰的是王国维和闻一多，他们一生短暂，而学问却做得惊天动地。从甲骨文到《诗经》、楚辞、唐诗，文学史，学术史，理论和创作，闻先生还有艺术。他们把短暂的人生浓缩在宏伟的学术中，匆忙却辉煌，如火之燃烧，更似是雷电之闪过天际。我惭愧，我比他们年寿徒增，论成就却是天地之别！

2021 年 8 月 29 日，于北京大学。

青春万岁

——2022年11月6日北京大学研讨会上的答谢辞

亲爱的来宾，亲爱的朋友，亲爱的老师们和同学们，尊敬的女士们和先生们！谢谢你们组织了这次聚会，谢谢你们莅临这个盛会，你们来自中国和世界的各个地方，你们为一个平常的生命和它辛苦而又坚持的人生祝福，你们的友谊和温情使我蒙受着春天般的温暖。真诚地谢谢你们！

2022年已经把大部分的时光留在了我们身后。2022年到来的时候，我收到一份礼物，彩绘的一品红，鲜艳的红，带着露珠，题目是“青春万岁”！我喜欢这礼物，更喜欢它的题名，它使我想起一篇标题相近的文章。民国五年，

1916年，原先的《青年杂志》由沪迁京，落户于北京大学，改名为《新青年》。陈独秀先生作《新青年》一文以纪其事。这一年，27岁的李大钊发表《青春》长文[①]：春日载阳，东风解冻，远从瀛岛，反顾祖邦，肃杀郁塞之象，一变而为清和明媚之象矣。他呼唤"青春之民族，青春之国家"，"进前而勿顾后，背黑暗而向光明，为世界进文明，为人类造幸福"。

李大钊在文中吁呼的青春中国的远景，已经成为我毕生的理想和追求。人生很短，生命无常。事业也好，写作也好，一般都难以永存，包括一个人的生命。世间万物，春秋代序，无非总是一个过程，称得上"万岁"而能长存的，也许唯有前面提及的"青春"二字。我从童年开始就与战乱为伍，青春年华被无情的岁月所吞噬。曾经有一首诗寻找丢失在草地上的钥匙[②]，而我和我们这一代人则是丢失了青春，而且在漫长的岁月中寻找青春。

① 李大钊《青春》，见《新青年》第2卷第1号。1916年9月。

② 梁小斌《中国我的钥匙丢了》。

接连的战乱和无休止的动荡，剥夺了我们的青春，剥夺了生活的宁静，也剥夺了正常的工作和自由的思考。就我个人而言，我的青春是人到中年才开始。我珍惜这迟到的青春，为此，我竭力争取这时代给予我的难得的机缘。我希望我所拥有的日子都充满“清和明媚”的青春之气。亲爱的朋友们，谢谢你们对我的祝福。我希望我把现在的年龄倒过来读，我希望我是永远的十九岁！我要和你们一起祝愿“进前而勿顾后，背黑暗而向光明”，为人类友爱，为世界和平，为社会进步，为家人健康幸福，永远一起默念“青春万岁”！

2022 年 4 月 9 日于北京大学，2022 年 11 月 6 日定稿。

附录

做一个可爱的人

从军的文学青年

我小时候在家乡上的三一中学，是个教会学校，我整个初中都在那儿，张炯也在，不过他是高中才来。那个时候是1948年，是国内非常困难的时候。我们这一批青年人，十六七岁，感受到这个时代非常的艰难。我们，我和我的同学，应该是相当一部分同学都爱好文学，都读五四以来的文学作品。我们中的一些后来考进北大、在北大做老师，都和文学影响有关。

青少年时代喜欢文学。就我个人来说，巴金教我反抗，冰心教我爱，我有了反抗，有了爱，我自己的底气就很足了。那是向往一种理想的生活、理想的世界，也就是理想主义吧。带着这些东西，我和张炯都经历了很困难的辗转，最终我们都选择了文学。不仅我和张炯，还有些参军的朋友，不少都是同班同学，大家彼此都受新文学的影响，都爱好文学，于是都有理想主义，其实是那个时代逼迫着我们爱好文学。爱好文学，我们就有理想。

说起参军，我的人生当中有几个重大的选择。一个选择就是到军队去。我小时候看到社会的不公，生活很艰难，比如北方的“路倒”，饿得不行的人倒在路上，连个尸首都没人收拾。一方面是灯红酒绿，一方面是这样的不公，加上自己的切身体会，因为我家庭很贫寒，于是对底层老百姓的生活就有天然的一种亲切感。这个时候是1949年。4月解放军渡江，5月上海解放。我们家乡福州靠着上海很近，感受到新的时代要到来了。这时候我自己生活也很困难，我每年上学都要老师批条子减学费，剩下的这些我还交不了，我都要家属，比如我的姐姐，还有家里头亲戚朋友帮助那部分没有被免的学费。求学是太难了，我要找一个出路。

这时候家乡解放了，就看到人民解放军的战士们，在八千里行军之后，都顶着大太阳睡在街上。我说哪有这样的军队，这个军队是义师，我要参加这个军队，我要跟着这个军队解放全中国。这就是我的一个最早的选择。我一方面对旧社会有这种感受，腐败、黑暗；一方面又好像有新的理想、新的火光在前面。至于说前面是什么，也知道，有风险，因为香港还没解放，整个闽南都没解放，我跟随着部队走的时候，当然有整个生死的考验，但那就不在考虑之内了。就是往前走，就是这样一种选择，我投身军旅，当了六年的兵。

我不美化我自己，我是一个小知识分子，虽然学问不大，大小是个高中生，有一点儿文化。知识分子渴望自由的生活、自由的思想，军队的纪律却限制得很深。但这是我自己选择的道路啊，我自己选择要走出家庭，我要解放全中国啊，我没有回头路。不仅我自己，我还动员了很多爱好文学的同学一起参军，有十几个人，没有回头路。不管前面怎么样，我自己选择的路我要走到底。

军旅生活有个好处，使我变得很坚强。我什么都不顾、什么都不怕，我既然选择了，我一定要勇敢地往前走。另外一个是守纪律，你答应的事一定要做到。我有一种坚持，不畏艰险，而且守纪律、守时间，这就是军队给我的。所以看起来我像个诗人，但我还有战士、军人身份给我的锻炼。在年轻的时候受一些锻炼是很好的，对自己的一生有很多好处。

选择圣地，来到北大

后来我被复员了。复员不是转业，不是说你带着军队职务到地方去。我要复员，就要回来重新找工作。大家知道，我初中念完、高中念了一年，我中学一共才念了四年，我的学历很低，什么都做不了，我还是自己找出路吧。这就找到了，我要上大学，我要参加高考。这时候我下决心，自学我朋友借来的整个中学的课本。现在说到张炯，张炯老师是我同班同学，他听说我要准备高考，他也想，于是我们两个就在一起学习功课。1955 年 4 月回来，七八月份就要参加高考，三个月的时间，高考我准备好了。填志愿的时候可以填三个，我跟张炯老师说非北大不行，三个志愿，北大、北大、北大，北大中文系、北大历史系、北大图书馆系，别的学校我不去。张炯老师有些犹豫，这样填行吗，考不上就完了，三个都完了。我说就填吧。

为什么我对北大有这样的深的感情呢，因为我知道北大是五四运动的发源地，北大有很多著名的学者，有很多东西让我感觉这个学校太了不起了。那个时候我对北大理解不深，但我觉得这个学校就是我要去的地方。所以我说一生，我有两个选择：一个是选择部队，我不回头，后来被复员就没办法了；现在的第二个选择就是选择圣地，来到北大。

到了以后，很好，百花齐放，百家争鸣，学术的春天来啦，但是后来这个春天夭折了，开始大批判。学术批判，批判谁呢，就是批判权威。权威是谁呢，就是我们的老师，叫我们学生去批判他。你说那时候的我们幼稚也好，没有经验也好，我们只能跟着去批判。当时全中国都在大跃进，北大也是，学术上面也要。于是，我们就在大跃进的旗帜下面搞学术大跃进。中文系编文学史，权威们编的不算，我们来编。

那时候说，没知识的人就是最有知识的，没文化的人就是最有文化的，敢想敢干。我们就在非常短的时间里头，把所有的文学史的著作都拿来读，全年级的同学，文学三个班一共将近六七十个人，统一指挥，成立编委会，从阅读入手。我们倒不是空对空，但是思想局限很多，有几个框框，什么人民为主、现实主义为主、民间文学为主等等。就按照框框，我们把文学史编出来了，这就是后来叫的“红皮文学史”，上下两卷，倒都是我们自己写的，但是内容和观点当然不行啦。

不过我们从中受到很多的锻炼，也得到了一些重要的经验。一是做学问要有一个精神，要敢于担当、敢于做，尽管自己学问很低，但是要通过学习敢于承担。另一个就是必须读书，没有读那些我们批判过的老师的书，我们也写不出来。所谓五五级了不起，就是五五级这样锻炼了自己，不是空谈。所以现在五五级同学在各个方面都很好，做什么都是权威，现在健在的、已经去世的都做了很多事情。这就是我的经验，要读书，敢于读，敢于做。

到了新中国建立十周年，那时候情况有一些变化，老师们参加进来了，游国恩先生、林庚先生、吴组缃先生都参加进来了，师生合作，后来变成了三卷本的“黄皮文学史”，是在“红皮文学史”的基础上把有问题的去掉，淡化一些东西。

所以其实北大也不是一切都好，但是这个北大，非常的可爱，非常的可敬。我选择部队，因为我向往光明，我为了中国的解放，我要到前线去，这是我的选择，不后悔的。另外，我选择北大，我就追求北大精神。我最近给周先慎老师的文集写了篇短短的序言，我概括了他的几个阶段：邂逅北大，融入北大，成为北大。

我也是这样，“遇到北大”，我自己选择的，不离开了。北大的缺点就是来了以后不想离开，我想你我都是这样，尽管我们到外地去，但心还是在这。“融入北大”也不容易，“成为北大”最难。我是北大人，我身上有北大精神。许多北大的老师，他到了这个地方就是“成为北大”。北大精神通过你的学术、你的行动、你的言论、你的教学、你的写作体现出来。北大的魅力在哪里？就是独立的学术，自由的思想，就是兼容并包，是蔡元培先生定的一直延续到今天的立校宗旨。我们有很多困难，但学术的独立、自由的思想是不可放弃的。我们可以委屈，但这个精神始终在我们身上，这就是北大的魅力。它可敬可亲可爱，这个地方，不可替代。中国有很多好的学校，但北大就是北大。它的创新精神，它的敢为天下先，它的独立精神、自由精神，那是不可替代的。

北大传统在哪？北大前人给我们留下的思想遗产还在那儿，所有的北大人都要珍惜这个精神传统，不能浪费。要珍惜、爱护这个遗产，发扬光大。无论遇到多大的困难、多大的阻力，我们不能充分表达，我们也要坚持。我曾想，要我来掌管北大，我也有难言之隐，我也有做不到的地方，我想我们当前管理北大的人一定也有这个难处。但是一定要记住，守住北大这个线。北大的线，自由、民主、独立，这个东西我们不能忘记。做得好做不好是另外一件事，我们必须坚持。今天的北大依然可爱，但也有不可爱的地方。同学老师当中，都有一些问题，这些是不可爱的。但在我的心目当中，北大永远是可爱的，可亲、可爱、可敬。所有的北大人都应该珍惜我们百年——一百一十多年、快一百二十年了的这个传统。北大是不可替代的，中国、世界只有一个北大，这就是我们今天在这里工作、学习的北大。

诗的人生

我和诗结缘的过程里，北大也起了重要的作用。当时到北大后，《北大诗刊》马上就吸收我作为成员，我自己也写、也读，我当着当着就说我们再办一个刊物吧，就办了正式的铅印刊物《红楼》，它是我参加创办的。当然我后来也担任了一些工作，诗歌组长就是在这个时候。通过《红楼》诗歌组，北大的诗人们都团结在一起了，林昭、张元勋、沈泽宜这些都是诗歌组的成员，都是作者，有的也是编辑。张元勋和沈泽宜写的很著名的诗《是时候了》：“是时候了/年轻人放开嗓子唱/高举五四的火把/要烧下阳光下的一切黑暗。”大概是这个意思，因此他们两位就因诗获罪，都划到极右分子、坎坷一生。林昭那时候还好，但后来也是，她有一种很自由的独立思想，她开始也批判张元勋，后来觉得要出来发言，出来发言后也成了右派。她的经历，悲剧的一生大家都知道，我就不再说了。这都是很好的朋友，都是北大诗歌界的诗人。我们的青春就是这样。在这个很动荡、很严酷的时代当中，我一一地告别了这些同学。当然我在北大能够到今天，内心也是非常复杂的。我知道，我跟他们不一样，我有经验，我知道该说什么不该说什么，他们不知道。他们年轻，少不更事，他们一概地往前走，一概地说，于是他们就有种不好的结果，我呢，是幸存者。

后来，当我们六个同学在北大编《中国新诗概况》的时候，我们已经通过大批判、科学进军，把整个诗歌史都读过了。我记得我们是受《诗刊》的委托。当时洪子诚老师是二年级，我三年级，都还是在校的学生。臧克家先生认为应该由年轻人来编一本学科史，过去的诗歌史不行。那时候就是这样，老一辈这么想，臧克家也这么想。

后来在朦胧诗的问题上，有人好奇我为什么那么敢在当代诗歌界说一些话。我敢说，因为我读过。当学者、当教授、当老师，没有读过就满口空言，那是不对的、不行的。所以那时候我已经读过了，孙绍振、洪子诚、孙玉石都读了，我们一起读的。尽管我们做的工作有缺陷，那是时代的产物，但是我们真的读了，我们就敢对当前的问题发表意见。

有人说怎么你胆子那么大，很多真正的诗歌界泰斗，艾青、田间、臧克家都在那边，他们都不同意，我怎么敢说呀。我敢说就是我有底气，因为我了解中国诗歌怎么走过来的，了解当时的诗歌状况是什么样子的。当时诗歌就是走的越来越窄的路，到了没有诗歌、诗歌死亡。然后我看到了希望，看到了以《今天》杂志为代表的朦胧诗最早的这些人。我很痛苦，我在这儿看到了希望，我当然支持它没有犹豫，因为这就是我希望看到的诗歌。其实不是胆子大，而是我相信学术就是这样，诗歌的发展就是这样。诗歌的发展不能是一个声音，不能是一个风格，不能是一种格式，而是应该多种多样。我坚信这一点，于是我敢于发表意见。

2018 年，我以北大诗歌研究院为基地发起了一个纪念中国新诗一百年的纪念活动，为什么我要做这个事情呢？因为我在北大诗歌研究院当院长，而中国新诗又是北大发起的，北大是发源地，最早是在北大，在《新青年》杂志上，在北大的一些教授，都是。我要在这个位置上，在这个时间，我要不做这工作，我就不对，我对不起历史，于是我就要举行一系列的活动，包括在北大举行纪念大会，现在纪念大会文集上下两卷、一千多页，都快要出来了。在北大，我主编了《中国新诗总系》《中国新诗总论》这两部书。建系一百周年，我贡献的是《中国新诗总系》，去年是《中国新诗总论》。从创作到理论，我做了一个综合十六卷。做完这些，我觉得我的工作已经基本上完成了。

中国诗歌一百年，我觉得有些事情需要说。一个是胡适先生，胡适先生是先行者、开创者，我对他非常崇敬，所以我一直希望在北大能够看见胡适先生雕像，但没出现，这是很遗憾的。他敢于突破几千年的诗歌传统，建立、创造中国新诗，是第一个应该纪念的人。在新诗历史上，郭沫若先生的诗歌传达了最狂飙突进的五四时代的声音，这是我非常尊敬的。艾青先生，在艰难的中华民族求生存的、反抗外国侵略的情况底下，他写作了《我爱这土地》《吹号者》《黎明的通知》等等。这些诗人都是我非常敬仰的。另外，我认为朦胧诗最初的那一些诗人，还有归来者那一群，牛汉先生代表的这些归来者，胡风集团他们，还有右派分子在外归来的这一批诗人，加上朦胧诗这些崛起的诗群，这些诗人都是我觉得应该予以肯定的。一百多年出现了很多伟大杰出的诗人，这是不可否认的，我愿意为它继续做工作。去年，我已经把这个事情基本上做完了，特别是《中国新诗总论》这六卷，大家有空可以翻翻，把重要文献基本都收进来了，我觉得这是我做的一个对历史的回答，也是对北大的一个回答。

我之前说过一生只做一件事，指的就是诗歌的事业，但其实现在也觉得不圆满。一生只做一件事，这是对的。我一生贡献于学术的，也就是这件事。世界太大，学海无涯，生命很短暂，一个人的精力有限，学力也有限。王国维和闻一多，我佩服得不得了。王国维五十多岁，闻一多也就四十多岁，做那么多学问，真是了不起。但一般的人做不到，只能做一两件事情。我只能做一件事情，一件事也花了我一辈子的力量呢。即使这件事，包括《中国新诗史略》，我也不满意，那没办法。牛汉先生一直跟陈老师说，你叫谢冕写一本他自己的诗歌史吧。我这个人又爱玩，又爱吃，又爱那个，又爱这个，就没有专心去做。到这个事情，就是把十几年间断断续续写的、有意识积累下来的一些长篇文章集合起来，发现问题很多。刘福春老师帮我做了很多弥补的工作，比如应该但没有提到的诗人蔡其矫，又把他照片弄上了。这些个问题不好，所以我不满意。聊以自慰而已。

守正，也要创新

其实到今天我还是很愿意了解一些新东西。

北大历史悠久，各个学科都有很多大师，我们的老师都是很有学问的。但我觉得北大除了研究历史以外，还应该研究当前。北大，鲁迅先生说是常为新的，新的东西要进入北大学生的视野当中、北大的学科建设当中。我和张钟老师、洪子诚老师，我们都不满意于中国当代文学成为现代文学的尾巴，往往讲到《太阳照在桑干河》上，讲到丁玲、讲到赵树理就完了。新的时代开始了，出现了很多新的作家、新的诗人，怎么都写不进去呢，怎么不研究呢？当代文学的重要性就提到日程上来了。于是我们就建立了，应该是中国学术界、中国大学里头的第一个中国当代文学教研室。后来我们编了当代文学教材，就是《当代文学概观》，我们又带了研究生、成立博士点，这个在全国都是领先的。我们当代文学的队伍还是很好的、很有成就的。我觉得，我们不能满足于有很多古代的东西，还应该面对现实、面对当代。

北大中文系是一个风气非常好的系。我最近给周先慎老师写的文章里，我说在北大中文系师生互爱，同事互敬。中文系也有缺点，但是学术风气是非常纯正的。对中文系，费振刚老师说过，以不变应万变，温儒敏老师说，守正创新。我想他们表达的都有一定道理。

变很多，但跟着变还是不变非常重要。大家都在变，比如文学院，我们还是中文系，我的水平在这，我的分量在这，我就不变。我就是中文系老字号，百年老字号。这一点东西就是我们的坚持。守正，中文系不要放弃我们的学术传统，包括我们积累下的、前面一百一十年留下的一些东西。我非常希望中文系学生能够写古典诗词、能够写一手好字、能够学会繁体字，这些东西，我觉得中文系都应该做的。而且我非常希望他们能够用古文来写作。当然白话写作没问题，也很重要，但是这些东西我们都应该有一定的锻炼。还要创新，包括我们现在有老师做网络文学的问题，就是面对现实、面对当代的。

当学生、教学生

为什么我对中文系有这么深的感情？我的学问是中文系的老师一点一点教给我的。我学得好不好是另外一件事情，我对他们的确有的时候很抱歉，因为普通语言学我学得很差，高名凯先生呢，学问很深，但我就听不懂，我也不喜欢。那怎么办呢？高名凯先生那时候考试一对一，他和我中间隔着一个桌子，铺了白的台布，抓阄，抓一个题目就一个题目，高先生给我抓的题目是，请谈谈语言和思维的关系，这下把我弄得……高先生不断地启发我，最后勉强给我五分，但这五分我觉得我很不配，因为到现在为止，语言和思维的关系我还讲不清楚，学问太深。但是我今天回想起来，的确这些老师教给我，包括语言学，我当时很厌烦，但是的确是很了不起，语言学的老师、文学的老师都教我很多。

我在中文系跟别的同学有些不一样，我没有特别的老师，吴组缃先生、林庚先生，都很了不起，但是我没有特别学他。我远远地学他的东西、学他的风格、学他的学问，我都学，但是我没有特别“倾”。我是比较独立的。

所以我也不希望太限制学生。我的学生很多，包括国内的还有国际的访问学者，我都很喜欢他们，我希望他们独立成才。我和学生关系很平等，比较注意学生的个性和他自己走的学术道路。希望他能够发扬自己个性，越是发扬，越是特殊，我觉得他“越北大”。北大就是不一样，北大就是一个人一个样，当然骨子里是民主、自由、独立思考这些东西，但是一个人一个样，这才是北大。要是说这个老师培养的学生一个模样，大大小小都是谢冕，你看多乏味呀，一点儿意思都没有。我的学生就是各种各样，我不干预。

当然也有问题，有问题怎么办？不能勉强他呀，因为他都是成年人了。一个人的性格，一个人的人生取向，很难改变。我自己说句很不科学的话。改造思想，能改造得了吗？改造不了，本性难移。成年人的选择一定有他的道理，我力求从中找到他的道理，但是我不苟同。我看到他的问题，我不能表扬他这一点，这就是我的态度。但是要说我去改变他，别人都改变不了我，我能改变他吗？立足于他自己。人生就是这样，性格就是命运，改不了。一旦他吃了亏，好，走回头路。但我觉得成年人很难改变，如同我很难改变一样。所以难啊，其实我对一两个学生说过，你要在中文系立足，一个你学术上面必须独立，另一个你不要放弃为公众服务。听进去没有，不知道；做到了没有，我也不知道。我拍拍屁股就走了，我就下台啦，管不了了。但是我们师生关系很好。我希望从每个人身上看到我要学的东西，的确也都有，我希望把他的缺点忘掉，我希望他能改正，但是他改变不了也没关系。人生呢，他自己都会找到活路，活得很自在就好。现在你说我有点纵容嘛，其实是无妨大雅。他们都说我很好、很了不起，我把这些很难带的学生带出来了，他们对我都很尊敬，我就非常高兴。所以我说了，我不留恋昨天，我只看重今天，今天我为什么高兴呢，今天有人惦记我、有人热爱我，我就很幸福。

“可爱的人”

一个人，特别是取得了一定成就，年纪又比较大了，这样的人怎么让人觉得不厌烦？我见过很多老人，我也不喜欢他们，因为他们凑在一起就是讲一些老话，老话我不爱听。你好像有个问题，我说我不愿意复制那个年代。它剥夺了我的青春，我最好的年华是从中年才开始的，中年以前都是在无休止的纠缠中。痛苦非常深，我要找自己的出路，我要求自己的成就，我做不到。好的时代降临了，我喜欢这个年代，于是我开启了青春，但人已经到了中年了。我不喜欢过去，过去已经过去了，面对现实。这样，到了自己年纪也大了、需要别人帮助的时候，我们还是尽量自己能做自己做。大家，特别年轻人，上上下下、左左右右都有很多事情，每个人都有很艰难的事情，你不那么艰难的时候，你要人家来给你做什么呀？我们自己能做，我们就自己做好了，我觉得这样很好。这样你这个老头、你这个老太太，人家就会喜欢你啦，就会成了可爱的人啦。你要是老是跟人家折腾，人家就觉得不可爱，就讨厌你啦，是不是？

现在身体也不那么好，老年的毛病都有。年纪大了，机器转了几十年，你想想它能不能不生锈吧？不生锈才有鬼。有很多不适，好在呢，这不适还不至于要了命，这就很好。老年，到了这个地步，我们都能自理，尽量不求别人，不要麻烦别人，因为大家事情都多。这是我立身的一个标准。

所以也还是要锻炼身体。我刚才说我认的一件事情我就做到底，我在鲤鱼洲干校没有洗澡的设备，一天劳动下来身上很脏，南方人又喜欢洗澡。我有一天在水井边，我说试一试冬天用冷水来浇身子，一浇身子，哎，很好，能行。我就带着这种经验回到北京啦。回到北京，我觉得我要锻炼，别的不会就跑步呗，走路、跑步，跑了以后我说用冷水擦擦呗，跟着做了这个，坚持了几十年。热水澡还是经常的，但是锻炼以后的冷水澡是坚持的，咬着牙要做的。这样做下来腿脚自然就灵活。我是八十八岁了，还跑步，还一万步，我能够做到，我就很高兴。

我觉得人一定要快乐。我几十年前给陈老师写过两个字，我那时候不懂佛学，我说“放下”，后来知道是佛家经典里的两个字。我是在二三十年前写的，两个字也写得不错。放下，什么事情都要放下，你都压着自己，一个人就压垮了，要抒发出去。

好吃、好玩、好看，这就是我人生的态度。实际上，一方面我们为社会服务。我们做学问，是为学生服务，为他们增添一些新的东西，这是很严肃的事情。一个人不能离开社会，他对国家、民族、社会的兴衰都有责任。一个人活着不能只为自己，这是一个。

另外一个，对自己个体来说，要学会享受生活，享受生命的乐趣。否则一生就白活了，要有趣味。我们很多文人有趣味，人生就很丰富，我说“三好”，也无非就这些而已。喜欢看美丽的东西、看美丽的风景、看美文等等，就这样，人生才有味道。对痛苦，你就一定要学会放下，学会咬着牙把它坚持过去，这个就是我的人生态度。要快乐，快乐人生，享受人生。

（谢冕口述，邵燕君、项蕾、蔡翔宇整理）

编 后 记

高秀芹

缘起：换骨后第一次福州之行

2023 年 5 月某日，92 岁的谢冕先生踏上了回福州的旅程。

这是三年疫情后谢老师第一次回故乡，也是他“失足”换骨后第一次远行。

他自己推着行李车（四个箱子，他和师母陈素琰老师的行李加上我一件），在机场喝冰水，刘福春夫妇、林莽夫妇被他甩在后边。那个跟随在侧的我虽然有些提心吊胆，还是被他的果敢勇气和向前的力量所折服。看着个子不高的先生特立独行在高高低低的人群里，迈着踏实的“碎步”，自信坚毅，我跟同行的诗人林莽赞叹：“谢老师真的很伟大，其他不说，这一点就足够伟大！”用现在时髦的话说：他活成了每个人都想活的样子，或者说他活成了每个人的榜样！他像一个孤勇者，摔倒换骨后站起来再出发，归来仍是少年！

在福州的欢迎宴席上，大家举杯异口同声欢呼：“为今天干杯！”如此看来，谢老师倡导的“为今天干杯”口号已经传遍大江南北。他的“伤痛三记”（谢老师自谦地称之为“失足三记”：《换骨记》《学步记》《登楼记》）热遍朋友圈（相当于当年的“洛阳纸贵”）。朋友们期待见到“脱胎换骨”的谢老师，此时在他的故乡福州喊出“为今天干杯”显得尤其珍贵和具有“时代精神”。当 20 世纪 80 年代开创的启蒙精神和理想主义消散后，当经历过三年疫情的封闭和生存空间挤压甚至生命经受考验后，如果为我们今天的现实说点什么，朋友们相聚和分别说点什么，没有比“为今天干杯”更具有“欲说还休”的丰富涵盖力，尤其是从经受过“生死”“换骨”后的“90后”谢老师说出“为今天干杯”，既是人生的通达智慧，也是一种饱满热情的生命观。它并不是肤浅的“正能量”和浅薄的“乐观主义”，而是经受过各种磨难、看过各种妖魔鬼怪后可以身体力行的行动纲领。

海峡文艺出版社社长林滨先生当即提议，把谢老师近年的散文编辑一书《为今天干杯》，我当即拍手称快，请命编选。自从2022年散文集《觅食记》出版后谢老师一直在勤奋地写作着，疫情期间他封闭在郊区“海德堡”小区，过一段时间朋友圈就会疯转他的新作，“老杜文章老更成”，谢老师的文章九十岁后更加具有丰富的真和通达的美——真得彻底，不做作；美得丰富，不肤浅；当然具有更高的善，善是谢老师一生的道德风范，他一直有求必应为朋友们写序，即使他换骨住院期间病榻上第一篇文章竟然是为朋友写的序(《好诗天然万古新》)，而后才是著名的《换骨记》。

由闽入川：落花时节又逢君

2023年金秋十月，谢老师又一次踏上飞往福州的飞机，这次福州只是起点。从福州到成都，从成都到泸州参加诗酒大会，并接受一个颁奖：金沙江诗歌特别奖。时间和路程都很漫长，从十日到十八日，马不停蹄，从北京飞福州，考察紫藤学堂；从福州坐高铁到泰宁大金湖再回福州，从福州飞成都。十三日开启川游：三苏祠、乐山大佛、沙湾郭沫故居，到泸州喝白酒，接受金沙江诗歌特别奖，在泸州做诗歌讲座，到四川大学做学术讲座，黄龙溪古镇一根面，杜甫草堂，驱车从泸州到成都一个来回，四川境内一千公里！三种交通工具，飞机高铁汽车，伟大的谢老师行云流水所到之处皆喜乐圆满。

最有学术含量的是在四川大学的演讲。四川大学文学与新闻学院院长李怡教授和自京入川谢老师多年亦徒亦友的刘福春教授已经在校园恭候。上午从泸州回成都一路奔波，下午鞍马劳顿的谢老师就精神抖擞地走在四川大学校园里，他要去跟年轻的学生讲诗歌了。诗歌让人年轻。此话在谢老师这里是最好的注释和明证。瞧，这个人！他活成了一首诗。

讲座现场人很多，提问的更多，特别是一个台湾博士研究生提了很多问题，还献给了谢老师一首诗：

风铃般的心

只需要窗户微敞
就吹起你风铃般的心
丁令当啷地探头
爽恺的、黏腻的气温
都有你轻轻絮语
风吹动了你吗？
或许吧
但透过笔记本的墨渍

似乎又勾勒了你
不愿拿
却谁也摘不下的冠冕

这个很有艺术气质的台湾学生谭谋远先生用浓厚的国语腔很深情地朗诵，让我立刻想起在泸州诗酒大会颁奖现场，四川大学文学院院长李怡教授很隆重地用川调普通话宣布颁奖词——金沙江诗歌特别奖，是金沙江诗歌奖的最高奖。谨将此奖授予谢冕先生——

四十三年前，新诗从放声歌唱的服务业转向“一代人”的诗言志，谢冕基于对新诗的历史纵深和地质构造的深度领略，以地质学家的敏锐和横绝一世的勇气，最先清晰地目睹和描述了那场伟大的转向，断言其意义，辩护其价值。他为诗生命肩起铁闸门，他解放了自身，也解放了新时期的摩罗诗力，新诗的青藏高原于焉崛起。

七十余年来，新诗退步，谢冕进步；

新诗进步，谢冕进步；谢冕进步，新诗进步。新诗进步，中国进步。时代裂出豁口，诗的正义喷薄而出。谢冕是年过九旬而长葆运动和开放精神的进步青年。谢冕是新诗学者，新诗教授，也是新诗专业的战士，谢冕的人生是专注于新诗的人生。此生即此事，此事即此生，不仅一度辉光映日，而且持续传递光明与热能，新诗的信念持存如新。

这是一篇文采飞扬、诚恳而富有诗意的颁奖词，除了“谢冕进步，中国进步”是李怡教授现场发挥。其他颁奖词的书写都来自四川大学文学院一位年轻的老师姜飞教授，他既是诗歌研究者也是诗人，所以才有对谢老师如此诚挚恳切的评价。谢老师对于新诗的伟大意义，新诗对于谢老师的伟大意义，互相照亮，他为“诗生命肩起铁闸门”。尤其那几组“进步”，懂得新诗现状和谢老师状态的人大多会心有灵犀会心一笑，“谢冕是年过九旬而长葆运动和开放精神的进步青年。谢冕是新诗学者，新诗教授，也是新诗专业的战士，谢冕的人生是专注于新诗的人生。此生即此事，此事即此生”。对于“此生即此事，此事即此生”，谢老师谦虚地说：“一生只做一件事。”谢老师的“亲密战友”洪老师认为：“一个人敢于说‘一生只做一件事’，那就意味着目标的高远和责任的重大。”洪老师对于谢老师在历史行进中的责任与承担有更深切的理解，谢老师扛大旗，为诗歌和人生，他永远在进步，这就是伟大导师的节奏和“腔调”！

我不厌其烦地“流水账”记录谢老师的日程，就是要用谢老师的“伟大身体和伟大精神”来论证什么是“为今天干杯”，就是每天前进，每天前行，每天为诗歌，为自己的所爱，为山川大地，为每一个踏踏实实的日子而干杯！

再跳回四川大学文学与新闻学院谢老师激情满满的讲座现场，原定于五点结束的讲座五点半还有学生提问。主持人李怡教授不忍心打断同学们，他希望同学们跟谢老师相遇的时间再长一点儿。此时，我已经心急如焚，成都军区副政委屈全绳将军正在等谢老师。将军深情厚谊，得知谢老师来成都，专程从乌鲁木齐赶回成都，本来五天的新疆行程缩短为三天。将军本色是书生，十年前将军和谢老师在北大初识，谢老师也当过兵，在八十三师任文化教员，最高官职副排级，七十年后谢老师重返当初的南日岛，当兵的尊称他首长。他说现在真正见到首长了，将军和谢老师开怀大笑。将军记性好，在微信里说："还记得那次是你做东，谢老、邵燕君和我在座。记得邵当时是副教授，研究网络文学，先生是舟山人。谢老当场吟了一段《将进酒》，令我佩服不已。"

十年后谢老师和屈将军重逢在锦官城里，浣花溪边，这冥冥之中一定有一种隐秘的引导，让气息相合的人再次相见。那天晚上我们虽然晚到了一个小时，第二次握手更加热烈和持久，谢老师的川行掀起高潮，圆满喜乐。第二天屈将军在"今日头条"发表长文《谢老不老》，有高度、有境界、有理解、有感情、全面地评介谢老师，将军正患眼疾，如此状态，通宵达旦写文章，感人至深。

一年后，我应《北京文艺评论》主编季亚娅博士邀请访谈谢冕先生，2024年创刊号出版后，9月10日教师节“北京文艺观察”用这一期谢老师访谈做公众号向谢老师致敬，我在朋友圈转发后，将军留言：“访谈拜读完了——穿越上百年时空隧道的访谈，我闭目冥想，人的思想才是生命的真正源泉，谢冕之所以是谢冕，因为他有一孔深邃的思想泉眼！”我截屏发给谢老师，谢老师仍然记得将军去年写的文章，说用将军的文章作为本书的序言。

未名湖畔，浣花溪边，谢老师和屈将军以文相知，一段文坛佳话以序相和。

为今天干杯

谢冕先生1932年出生于美丽的南方沿海城市福州一个职员家庭，少年接受新式教育，受新文化思潮影响，从小热爱文学，喜欢读书，但是家境清寒，三个哥哥一个姐姐和弟弟，一家七口全靠父亲微薄的工资。父亲是小职员，却经常失业，家里经常无米下锅，有时要借钱度日。母亲是美丽温婉的旧式女性，记忆里的母亲穿着旗袍，发髻头上戴着白色茉莉花，洗衣做饭擦木地板，在除夕夜做出一桌像样的年夜饭。小学正值抗日战争时期，经常“跑反”，小学换了一个又一个，小学毕业后因为大哥认识三一中学校董，给他免了一部分学费，他得以进入著名的福州三一中学，读了四年中学，高一毕业即投笔从戎。三一中学重视英文，有足球课和自然课程，现在看来这些课都很“素质”。他爱上了诗，自己开始写诗，他说：冰心教我爱，巴金教给我反抗。这是他文学的起点，爱让他宽容，反抗让他富有正义感。在当时的中国一个中学生只能从文学作品中得到慰藉，他对现实不满，对前途无望，他要在黑暗中寻找光明，直到解放军开进福州。那是个炎热的夏天，那些断了胳膊和腿的伤兵给他送来了光明，他主动汇入到这支队伍中去，他要奔赴光明，解放全中国。从1949年8月到1955年5月，他从军近六年，也去过前线南日岛，从十七岁到二十三岁，军旅生涯锻炼了他的意志，他把生死放在一边，尽心尽力毫无怨言，最后被复员回家（原因是二哥为谋生去了台湾）。他复员回家后参加高考，他的目标就是北京大学，他填报了三个志愿，第一志愿是北京大学，第二志愿是北京大学，第三志愿还是北京大学。

8月29日这个日子是谢老师的幸运日，他的一生两次重大生命转折都跟这个日子有关。第一次是在这个日子里，他穿上解放军军装，在隆隆炮声行走在向南的队伍里。第二次也是在同一个日子里，他从福州辗转到北京大学读中文系。他到了北大后才发现这里才是他最喜欢的地方，从此他就在这个校园里待了一辈子。

1955年到1960年北大。大学时期意气风发，他参加革命早，年纪比其他同学略大，他文学创作起步早，在大学里他成为诗歌和革命的“带头大哥”，参与编辑《红楼》（担任诗歌组组长）和北大诗社的工作，参加1955级著名的红色文学史集体写作。1958年年底《诗刊》副主编徐迟亲自到北大宿舍找他，希望他牵头集体编写“新诗史”，于是有了1959年1月他和孙绍振、孙玉石、洪子诚、刘登翰、殷晋培等六人用春节寒假期间集体写作后来出版的《新诗发展概况》（洪子诚老师2007年主编《回顾一次写作：〈新诗发展概况〉的前前后后》），他的诗歌创作和研究都开始的比较早。不过，他也经受了那个时代所有知识分子可能遭遇到的“遭遇”，他是亲历者，也是见证者。毕业留校后，他去斋堂川、江西鲤鱼洲五七干校，1972年带领学生去西双版纳深入生活，进行文学创作……他在时代中沉默和生长。

他早年写了大量的诗歌，20世纪80年代后他主要从事文学研究，主要是诗歌研究。他一手写研究文章，一手写散文随笔。他从来没有中断过散文写作，可以说散文写作是他人生哲学更直接的表达。

谢先生是文章大家，除了学术文章和后来被洪子诚老师考古发掘的新诗（《爱简》《以诗为梦》），他还创作了大量的散文，已有数十本散文集出版。谢老师的散文清新自然，文气雅致，精心构置，立意高远，那篇著名的《永远的校园》成了北大学生入学和毕业典礼的“必诵文”，写北大的散文可以说此篇第一。散文从一朵飘散的蒲公英开始叙述，用诗意的语言和理性的思考来描述北大，它要传达的是一所大学的精神魅力。2022年出版的散文集《觅食记》是谢老师的美食散文，文字里散发着谢老师对美食的热爱，热爱美食就是热爱生活。即将出版的游记散文集《碎步留痕》，可谓当代游记文章之典范，踏遍名山大川，以文字致敬祖国山水，有时他自己也成了“风景”。

《为今天干杯》编选谢冕先生近年新作散文，为了更全面地呈现这个响亮的代表谢老师生活理念——为今天干杯——最早的提出以及各方面的呈现，尤其是在对生命的炽烈和对生活的热爱，我把《悲喜人生》和《反季节写作》等代表先生人生观的旧文编选进来。编选的过程也是我重新认识先生的过程，经常有拍案而起惺惺相惜之感，当我把初选目录发给谢老师后，先生说：“非常好，很丰富，这两篇旧文就不要选了。”并嘱托我写一篇长序：“可以全文引用《悲喜人生》和《反季节写作》，讲述老师曾经的早年追求与壮志确立的转型。”这意味着编选篇目上要下更大的功夫，理解先生博大宏远的人生观上要有更透彻的把握，以文知人，知人论事，我要做一个合格的“领读者”。当然，因为有前文所述屈将军的序，我的编后记可以写得轻松自如了。

写作《悲喜人生》的谢老师已七十二岁，他已经过了人生激越的青春和多事劳累的中年，而到了人生的另外一个被称为“老年”的阶段，他看惯潮起潮落春风秋月，经受过风口浪尖起伏多变，他不需要任何遮遮掩掩，可以真实而轻松自如地表达自己的人生观和生活态度了，这篇文章很短，但是对于了解谢老师的“三观”很重要，谢老师很明确地表达了自己的人生哲学——

我的人生哲学是整体上的悲观主义，

局部上的乐观主义。悲观是绝对的，而乐观则是相对的……我的局部的乐观是建立在整体的悲观之上的，所以我并不肤浅。但我到底还是乐观主义者。我主张以快乐的态度对待人生的一切苦厄。我的主张就是认真每一天，快乐每一天，享受每一天，也美丽每一天。

“人生只是一个过程，过程以外，什么都不留下，包括人们十分看重的名誉、地位、财富。世间没有什么比友情、亲情、爱情更宝贵的东西，它们无价，金子也换不来。”他已经看透了生命的底色，无论宠辱生死富贵贫贱，人生无法抗拒衰老，这是自然规律。但是人老了心态绝对要年轻，要积极乐观。“明知前面是终点，但行走就是一切，等到实在走不动了，那就停下来。只要我们在行走，就快乐着，享受生命的每一天。”因为有了悲观做底子，乐观才不虚妄，不肤浅。在生活中，我们看到的是积极向上的谢老师，快乐每一天，美丽每一天的谢老师。

而另一篇文章《我的“反季节写作”》则是谢老师在文学观上转向的宣言——“反季节写作”——区别于那些沉重的、承担的、使命的文章，他要开始一种“美”的、轻松的、舒服的、愉快的写作。“青年时代，我有点激进，有很多自以为是的承担，读我的文字一定会有一种紧张感。”他一生中写过很多沉重的文字，现在他宣布要写作一些快乐的文字，“我要用我的文字温暖他们，也温暖自己”。既然谢师允许我可以全文抄录，我在此抄录两段文字：

> 至于我自己，其实我的生活并不轻松，甚至还很沉重，人生的一切困厄我都有。某些时刻文网险恶、阴谋如天，我给自己保留了一份远离尘嚣的宁静与镇定；某些时刻天塌地陷、哀痛多心，我晨昏奔走于毫无遮拦的风寒之中，我的心在流血，我知道此时无人可以替代，我只能独自承受。每当此时，我咬紧牙关，我不能让“沉重”把我压垮，因为我经过苦难，所以我有发

言权。我告诫自己也奉劝他人："放下！"即使是无可推卸的重压，也要适时地、坚定地全部或部分地"放下"。

也许写作对于我，也是一种"放下"。写作可以延年益寿，此话你可能不信，然而我信。尽管我的季节已届深秋，我知道接着来的就是让人惊怖的冬日。人生百年，所有的人都无法躲过那最后一击。然而我依然迷恋于人间的春花秋月，依然寻找我心中的朝花月夕。我相信文字能创造虚空中的实有，我相信文学的特异功能就是无中生有。文学也好，诗歌也好，总是在人们感到缺憾时的充填，特别是诗歌。

这两段不到四百字的文字可谓字字珠玑。第一段描述的是真实的流着血和泪的现实——"放下"，放下一切苦厄。第二段是"反季节写作"的超越意义，是不是属于洪老师所分析的"积极浪漫主义"呢？大概是的！这两篇短文让我们更好地理解谢老师"70后"的文学转向和人生观转向，也就有了后来水到渠成的“为今天干杯”。

“为今天干杯”是 2015 年为欢迎俄罗斯大诗人叶甫图申科的晚宴祝酒辞：“我们共同把握了今天，我们就是世上最幸运的人。昨天已经过去，它不属于我，明天不可预料，它也不属于我。今天，只有今天，是我们共同的拥有，属于我，属于我们。让我们为友谊，为和平，为正义干杯！”回国后的叶甫图申科专门就此写诗《昨天、明天和今天》呼应，“献给我的中国朋友谢冕教授，在为欢迎我抵达北京而于 2015 年 11 月 13 日举行的晚宴上，他的一句祝酒词给了我写作此诗的灵感”——

昨天、明天和今天

生锈的念头又在脑中哐当，
称一称吧，实在太沉。
昨天已不属于我，
它不告别就转身。